KB252810

시는
사랑을 노래한다

시는
사랑을 노래한다

조성연

[2권]

국학자료원

✢조성연✢

공자는 '300편의 시詩를 읽으면 모든 시가 시시해 지지만, 그 중에 한두 편의 시가 마음에 드는 것이 있다면 그래도 그것은 나은 시'라고 말했다. 이 말처럼 사람들은 보잘 것 없는 시를 쓰고 자화자찬에 빠진다.

하지만 어떤 시를 쓰고 자기 자신에게 도취하는 것은 자기의 눈높이가 그 정도 밖에 되지 못하기 때문이다.

초등학생이 시를 쓰고 그것이 잘 되었다고 생각은 하는 것은, 초등학생의 시각으로 시를 보기 때문이다. 하지만 혜안慧眼을 가진 자가 선각先覺의 눈으로, 그 시를 음미해 보면 보잘 것 없다는 것을 알게 된다. 그 이유는 각자의 눈높이가 다르기 때문이다. 그래서 남의 시를 함부로 평하지도 못하지만, 그렇다고 해서 좋은 시라고 말하지도 못하는 이유가 여기에 있다.

시는 '응축凝縮'과 '음미吟味'의 뜻을 담고 있다. 작자는 '응축의 세계'를 그려내고, 독자는 그 시를 '음미'하면서, 수수께끼를 풀듯이 풀면서, 공감대 共感帶를 형성한다. 하지만 어설픈 시는 읽으면서, 그냥 모든 내용이 드러나고 음미하는 재미가 없다. 시를 읽는 독자에게 사색思索의 여유를 주고, 미처 몰랐던 미지의 세계를 풀어내는 즐거움을 주는 시가 좋은 시가 된다.

이 시각에도 수많은 시들이 인터넷 공간에 난무하지만, 과연 시다운 시가 있는지를 생각하게 된다. 한 편의 좋은 시를 쓰기가 그만큼 어렵다. 이 책이 좋은 시 쓰기에 조금이라도 도움이 되었으면 한다.

2010. 1. 25.

저자 조 성 연

차례

1. 시문학 양태에 관한 분류

서시

이성과 감성의 창

세상은 거울 속에 있고
그 안에 내가 있어서
유한 존재이고 무한존재이다

유와 무가 나에게도 있으니
당신과 똑같아야 하지만
닮지 못하는 바보여서
늘 우자愚者로 산다.
있음과 없음을
이성과 감성을
깨닫지 못하면서
비추지 못하면서
버리지 못하면서

시문학 양태에 관한 분류

1. 형식상의 분류

• 자유시 : 시형에 구애 없이, 자유 형식으로 시상을 나타낸 시

• 정형시 : 일정한 형태. 형식을 취하고 있는 시

• 산문시 : 산문체의 시. 행行가리와 연의 구분이 없으나 내재율을 갖춘 시.

2. 내용상의 분류

• 서정시 : 개인의 내면적 감정을 드러낸 시. 비가elegies. 송가. 소네트.

• 서사시 : 국가. 민족. 신화. 전설. 영웅의 사적을 서사적으로 읊은 장시長詩.

• 극 시 : 희곡 형식으로 된 장시. 가극. 오페라opera.

3.목적상의 분류

• 설리시說理詩 : 심상이 사물의 이치를 설명하는 시

• 산수시山水詩 : 산과 물을 다룬 시. 자연의 경치.

　　　　　　　아름다움 등을 심상으로 함.

• 화계시花季詩 : 꽃 사계절을 심상으로 함.

• 해학시諧謔詩 : 익살. 풍자. 유머 등을 심상으로 하는 시

• 애조시愛弔詩 : 에로티시즘eroticism. 필리아philia. 아가페agape.

애도의 헌시

- 축시祝詩 : 축하를 담은 시. 경사. 매우 즐겁고 기쁜 일을 축하는 시
- 종교시 : 천주유불선天主儒佛善을 심상으로 하는 시

4. 또 다른 자의적 분류

- 전통시 : 전통적시traditional poem. 관습. 답습. 일상적 심상의 시
- 주지적 경향의 시 : 감정이나 정서보다 이성이나 지성을 기초한 시
- 언어감각의 시 : 언어의 회화성을 심상으로 한 시
- 탈관념의 시 : 내면세계나 고정관념을 파괴하는 시
- 사실과 현장의 시 : 현재에 일어나고 있는 일들. 시사성이 강한 시

5. 경중상의 분류

- 경시輕詩 : 가볍게 쓴 시. 음미의 폭이 적은 시. 난해성이 약한 시
- 중시重詩 : 무겁게 쓴 시. 음미의 폭이 높은 시. 수수께끼처럼 쓴 시.

6. 시대별 분류

- 고대시 : 옛 시대에 쓰어진 시. 국문학 상으로는 갑오경쟁 이전에 쓰여진 시
- 근대시 : 르네상스 이후에 쓰여진 시. 갑오경쟁 이후에 쓰여진 시
- 현대시 : 오늘의 시대. 국사에서는 1945년 광복이후 현재까지 쓰여진 시

7. 동시

- 동시 : 작가 등 어른이 어린이를 위해 쓴 시.
 - 성인 시 : 일차적인 독자는 어른. 이차적인 독자는 청소년
 - 청소년 시 : 일차적인 독자는 청소년. 이차적인 독자는 어른
 - 동시 : 일차적인 독자는 초등학생. 이차적인 독자는 어른

• 동요 : 어린이가 부르는 노래. 음악적인 요소가 강해서 비시적인 점이 많음.

• 동화 : 어린이들에게 들려주기 위해서 하는 이야기 말

8. 한시

• 한시 : 한문으로 쓴 시. 중국 한대의 시

• 오언시五言詩 : 한 句가 5자씩으로 된 한시

• 오언절구五言絶句 : 기승전결의 4구句로 된 오언시

• 오언율시五言律詩 : 한구가 5자로 된 오언시가 8구句로 된 율시

• 칠언시七言詩 : 한구가 7자씩으로 된 한시

• 칠언절구七言絶句 : 7언4구로 된 한시

• 칠언율시七言律詩 : 한구가 7자로 된 칠언시가 8구로 된 시

9. 구절체 등

• 구절체句節體 : 짧은 토막 글. 시와 다름. 성경에 인용된 글들.

• 사자성어四字成語 : 한자 넉자로 된 관용구. 실생활에서 쓰는 말들

• 고사성어故事成語 : 옛날에 있었던 일과 관련이 있는 것을 나타낸 어구語句

시대별 문예지와 시인

문예지 시대별 정리

동 인 지	동인	연대	비고
창조	김동인, 전영택, 주요한, 김동환 등	1919–1921	최초의 순문예 동인지. 완전한 언문 일치 확립
개벽	김억, 김소월, 이상화, 현진건 등	1920–1926	신경향파 문학과 밀접한 관련
폐허	황석우, 염상섭, 김억, 오상순 등	1920–1921	퇴폐적, 낭만적 경향
장미촌	박종화, 변영로, 박영희 등	1921	시동인지의 효시
백조	현진건, 나도향, 이상화, 홍사용, 박종화 등	1922–1922	순문예 동인지. 낭만주의적 경향
금성	양주동, 이장희 등	1923	시동인지. 낭만주의적 경향
영대	김소월, 주요한, 김억, 전영택 등	1924	순문예지. '창조'의 후신
조선문단	이광수, 김억, 김동인, 주요한 , 최학송(최서해) 등	1924	경향파와 반대되는 입장을 대변함
해외문학	김진섭, 이하윤, 정인섭 등	1927–1931	외국 문학을 번역 소개한 잡지

<1910-20년대>

- 김동환 : 「국경의 밤」「눈이 내리느니」「북청 물장수」「산 너머 남촌에는」
- 김소월 : 「진달래꽃」「산유화」「금잔디」「초혼」「엄마야 누나야」
- 김　억 : 「해파리의 노래」「오뇌의 무도」「봄의 노래」「오다가다」「비」
- 정지용 : 「백록담」「유리창1」「향수」「말馬」
- 김해강 : 「봄을 맞는 폐허에서」

- 김형원 : 「숨 쉬이는 목내이木乃伊」
- 남궁벽 : 「풀」
- 박영희 : 「월광月光으로 짠 병실」
- 박종화 : 「사死의 예찬」
- 백기만 : 「청개구리」

- 변영로 : 「논개」
- 양주동 : 「조선의 맥박」
- 오상순 : 「방랑의 마음」
- 이상화 : 「나의 침실로」「빼앗긴 들에도 봄은 오는가」
- 이장희 : 「봄은 고양이로다」

- 임　화 : 「네거리의 순이」「우리 오빠와 화로」
- 주요한 : 「불놀이」「빗소리」「아기의 꿈」「샘물이 혼자서」
- 최남선 : 「해海에게서 소년少年에게」
- 한용운 : 「알 수 없어요」「님의 침묵」「복종」「이별은 미의 창조」
- 홍사용 : 「나는 왕이로소이다」

<1930년대>

- 이육사 : 「교목」 「청포도」 「황혼」 「연보」
- 이　상 : 「거울」 「오감도」 「꽃나무」 「가정家庭」 「건축무한육각면체」
- 서정주 : 「귀촉도」 「화사」 「자화상」
- 이용악 : 「오랑캐 꽃」 「두만강 너 우리의 강아」 「낡은 집」 「북쪽」
- 김광균 : 「성호부근星湖附近」 「설야雪夜」 「와사등」 「외인촌」

- 김광섭 : 「마음」 「비 개인 여름 아침」
- 김기림 : 「바다와 나비」
- 김동명 : 「파초」 「내 마음은」
- 김상옥 : 「봉선화」
- 김상용 : 「남으로 창을 내겠소」

- 김영랑 : 「모란이 피기까지는」 「독을 차고」 「두견」 「내 마음을 아실이」
- 김종한 : 「고원의 시」 「낡은 우물이 있는 풍경」
- 노천명 : 「사슴」 「장날」
- 박두진 : 「묘지송墓地頌」 「향현香峴」
- 박용철 : 「떠나가는 배」

- 백　석 : 「여승」 「고향」 「나와 나타샤와 흰 당나귀」
- 신석정 : 「슬픈 구도」 「아직 촛불을 켤 때가 아닙니다」 「임께서 부르시면」
- 이병기 : 「오동꽃」 「난초」 「수선화」
- 이은상 : 「가고파」
- 이하윤 : 「들국화」

• 이한직 : 「낙타」 「풍장」
• 장서언 : 「이발사의 봄」 「고화병」
• 조지훈 : 「고풍의상」 「승무」
• 함형수 : 「해바라기의 비명碑銘」

<1940년대>

• 윤동주 : 「참회록」 「서시」 「십자가」 「별 헤는 밤」 「자화상」
• 신석초 : 「바라춤」
• 심 훈 : 「그날이 오면」
• 유치환 : 「깃발」 「바위」 「울릉도」 「광야에 와서」
• 김동명 : 「밤」

• 노천명 : 「푸른 오월」 「남사당」
• 박남수 : 「밤길」
• 박두진 : 「도봉」 「해」 「하늘」 「청산도」
• 박목월 : 「산이 날 에워싸고」 「산도화」 「청노루」 「나그네」 「윤사월」
• 박종화 : 「청자부靑磁賦」

• 서정주 : 「국화 옆에서」 「귀촉도」 「밀어」
• 신석정 : 「꽃덤불」 「어느 지류에 서서」
• 오장환 : 「고향 앞에서」 「병든 서울」 「산협의 노래」
• 윤곤강 : 「아지랑이」 「찬 달밤에」
• 이영도 : 「신록」
• 이용악 : 「전라도 가시내」 「그리움」

- 이호우 :「달밤」
- 이희승 :「벽공」
- 정인보 :「자모사」
- 정지용 :「비」「백록담」「춘설」

2. 서정시

2-1. 낙엽이여, 홀로가라

낙엽이여, 홀로가라
검정 고무신
꽃가마
난초의 미학
눈 내린 길
당신이 그리울 때면
두만강이여
들꽃 속에 사는 소녀
물안개 허리띠
당신의 아름다운 자리

낙엽이여, 홀로가라

날리고 밟혀도 서러워하지 마라
어차피 떨어져 사라질 것이라면
멋지고 아름답게
홀로 센티멘털하게
눈물 흘리지 말고
홀연히 가라

가다가 너무 서러울지라도
뒤돌아보지 말고
제 걸음마저도
멈추지 마라

뒤 따라갈 내 있어
아니 눈물 흘려도
울어줄 내 있으니
서러워 마라

미련 없이 정처 없이 가라
바람처럼 바람 따라
바람 밟고 나그네처럼
홀로가라

검정 고무신

강물 따라 떠내려가는
꼬마 검정고무신 한 짝
발 동동 구르며 건지려고
물에 뛰어들던 시절

사연도 많고 많다
송사리 잡아서 담던 그릇
개구쟁이 혼내주던 회초리
화가 나면 집어던져도
자학自虐으로 깨지지 않는 것
빌붙는 것이 자꾸 서러워
벗어지던 혼신渾身

지금은 멀리 세파 따라
어디로인지 가버리고

괴나리봇짐 속에서
고정고무신 꺼내 들고
환하게 웃으시며
발에 꼭 맞으면
오래 못 신는다고 하던
아버지만 보인다

꽃가마

생각나는 것은 아버지 귀천모습
마지막 가는 길에 탔던 연꽃 가마
인고의 세월도 같이
타고 갔다

청계천 꽃마차
알았다 있다는 것을
구경 나온 이승사람들
태우기 위해서

죽어서야 탔던 꽃수레
이승서도 몇 닢으로 탄다
딸랑딸랑 소리 내며
아버지 들으라고
이승의 이야기를—

난초의 미학

거실에서
베란다에서
책상 위에서
환하게 피어 웃는다

사랑한다고
아름다움이고
사랑이고 행복이다
당신의 미소가

물주는 당신의
손끝에서도
솟아오르는 기상에서도
너를 닮고 싶다

아름다운 난蘭
꽃의 제왕이다
미학의 단초다
오늘도
내 가슴 속에서
언제나—

눈 내린 길

희다 못해 순백이다
어머니 흰옷처럼
아버지 무명옷처럼

그 면포 위에
이방인 나그네가
추워서 움츠린 텃새가
발자국 찍고 지나간다
내 집이라고

그 흔적위에
빨간 구두 신은 여심
립스틱 예쁘게
덧칠한다

못 마땅한 심술바람
어디서 홀연히 왔는지
얼룩진 흔적 없애고
다리미질 한다
순백으로

당신이 그리울 때면

하늘을 올려다봅니다
땅만 내려다봅니다
먼산을 바라다봅니다
생각나면 당신이

소쩍새 울던 날
서울로 간다고 떠난 그대가
너무 보고 싶어서 어미 새로 웁니다

오-
사랑하는 그대여
어디서 님 그리며
제 서러워 울고 있는지-
제諸 알고 싶어
뻐꾹새로 웁니다

하늘을 보고 땅을 보고
먼-산보고

당신 찾다가
두 손바닥으로
하늘을 가립니다

당신이 그리울 때면

두만강이여

도도하게 흐르는
유구하게 흐르는
민족의 젖줄
두만강

반만년의 역사와 함께
오늘도 흐른다.
노래했다 삶을
사랑했다 한민족을
지켰다 선조의 얼을
오늘도 어제도
한국 속에서
세계 속에서
우주 속에서

나아가라
영원무궁을 위해
힘찬 웅지를 위해
자유를 위해
번영을 위해

그대의 품안에서
도도하게
유구하게
찬란하게

들꽃 속에 사는 소녀

들꽃 같다
붉은 옷 파란치마가
노랑머리가

새파란 구름이
작은 박새들이
이슬만 먹은 꿀벌들이
노랑머리가 되어 춤을 춘다
위에서
아래서

붉은 꽃 파랑 잎
노랑나비는 소녀를 닮았다
물결소리
바람소리
꽃향기에 취해서
들꽃소녀를 부른다

소녀의 목소리로

물안개 허리띠

비가 온 오후
물안개가 피어오른다
굽이굽이 띠를 만들고
천마산 머리와 몸 사이에

흘러내리는 물소리는
동구 밖으로 들려오고
파랗다 못해 검은 나뭇잎
젖은 옷 털며
몸단장이 한창이다
제 보러 오라고

똑같은 새들
물소리로 노래한다
어서 오라고

비갠 오후의
아름다운 천마산
그대의 군무풍경

당신의 아름다운 자리

행복한 날이여
행복한 날이여
아름다운 날이여

멀지도 가깝지도 않은 날
뒤돌아 아니 보아도
꿈꾸고 춤춘 날 있었지

청사초롱 불 밝히던 날
화들짝 핀 연꽃당신
청둥오리청둥호박 되어
보듬고 비비어서

행복한 날이여
행복한 날이여
꽃으로 살던 날이여

연꽃당신
그 자리에 있어서
행복한 날이여

ㄹ-ㄹ. 아프로디테여

아프로디테여

사랑이라는 이름으로
슬픔을 노래하지마라
눈물 속에 슬픔이 있음을
웃음으로 말하지 마라

초록 눈을 가진 당신을
하얀 박꽃 잎으로 바라보는
코즈모폴리턴의 포식자들에게도
횡포의 미움을 사랑해 주어라

언제나 아름다운 그대여
더러는 배고픔이 서러워
진실의 애가哀歌를 부르더라도
사랑으로 입 맞추어라

아름다움은 아름다움을 위해
있어야 할 곳에 있어야 하기에
오늘도 웃으며 그렇게 서 있겠지만
웃지 못함을 위해서도 웃어라

아름다운 그대의 미소로

봉숭아 꽃

빨간색
분홍색
봉숭아꽃 손톱
엄마 손톱 꽃

누가 더 예쁜지
엄마하고
나하고
날아온 나비에게
물었더니

모른다고
날개 짓
한번 하더니
그냥 청산 가잔다

뒤도 안돌아보고
질투하며—

북한강이여 영원하라

유구한 역사의 맥박
도도하게 흐르는 물결
대한 조국의 기상
한민족의 탯줄 북한강
삶의 터전인
당신

우리는 사랑했노라
우리는 살았노라
우리는 지켰노라
창대한 반만년의 역사를
당신의 세찬 역동성을
웅지의 날개를

아름다운 그대
민족혼이 살아 숨 쉰다
높은 이상으로
힘찬 전진으로
뜨거운 힘으로

오늘도
조국의 영혼을 위하여

민족의 번영을 위하여
도도하게
유구하게

북한강이여
영원하라

사철나무

푸른 잎사귀로 그늘 만든다
더우면
흔들리는 대로 서있다
바람이 불면
꼬까옷 입은 채 목욕한다
비오는 날엔
천사되려고 흰옷 입는다
눈 오는 날엔

큰 잎 작은 잎 이불로 덮어준다
작은 손님 새 찾아오면
반가워 인사도 못하고
그냥 편히 쉬고 놀다 가라고
늘 웃고만 서있다
똑같은 크기로
똑같은 무게로

서있기가 서러워도
버티기가 힘들어도
그 자리에서 그냥 서있다
어제도 오늘도
사람들 절대로 따라하지 못하게
모르면 배우라고
사철파란 이유를

살구나무가 있는 아파트

살구나무와 웃고 사는 아파트
노랗게 익은 살구
살구처럼 살려는
사람들

성경책 끼고
살구나무 밑 지나려면
바람에 자식들
훌훌 털어 작은 정원으로
시집보내는
어미 본다

식탁 위 대소쿠리
아내가 주워온 살구
향기 품으며
어서 맛보라 한다
엄마 곁으로
아니 가고

나 홀로
먹기 서러워
만지다가 제자리에 두고
자식 떨친 어미나무를
바라본다

소녀의 기도

욕먹습니다
거기대면
일찍 가려고 도로 위에 차를 세우자
차량관리 예수은사님
웃으며 가로 막는다

남의 말 무시하는 학발鶴髮
까칠한 표정으로 귀찮아서
차문을 쿵쾅 닫는다.

아내가 재빠르게
대신 웃으며
원래 우리 양반이 그래요
언제 철이 들지

그 말에 차에 올라타고서도
슬며시 고개를 드는
용심
시동始動걸자
백미러에 걸려 있는
아름다운 소녀의 얼굴이
좌우로 흔들린다

겸손하라고

아버지 머리

사각의 짧은 머리 말머리와 같다
왜 그렇게 깎았는지
아버지의 머리를

이제야 알겠다
머리감기 편하려고
흰머리 감추려고
노옹의 추함을 덜려고
해서다

아버지 나이가
되고서야 이해가 된다
늙으면 달라지는 것이
많아진다는 것을
머리뿐만이 아니라

내면세계도—

오월의 여왕 장미

술잔에 띄우고
천장에 매달아 놓는다
마시고 사랑하는
붉은 꽃잎 깃털을

아름다운 여인의
긴치마 폭에서 살고
부드러운 향기는
코끝에서 머물다간다
바람 따라

향기에 취해서
고혹의 모습 때문에
정열에 눈이 멀어서
그리워 다시 찾아다니는
당신의 아름다움이여

청산나비를 부르더니
센티멘털 노스탤지어
나그네까지 부른다
아름다운 여왕 당신
누가 그대를
싫다하리―

은행나무 잎

저렇게 도도할 수 있는가
파랗게 흔들려도
노랗게 물들어도
성하의 계절에
만추의 계절에

가로수 길
자전거 타고 가는
동심여심천심을
사정없이 흔든다

부둣가 손 흔드는 나그네
멀리 떠나는 임
반갑고 서러워
푸른 이불로
노란 그늘로
내려다본다

어제도 오늘도-

정자나무

벤치에 앉아있는 사람들
사각안경을 낀 할아버지
빨강치마 노란구두 아줌마
부채질하는 뚱보 여인

지나가는 사람들
하나씩 바로세우고
좌우의 모양형세를
세고 있다

몇 호 아들딸인지
책가방테니스가방골프가방
무얼 담고 어디로 가는지
알고 싶은 것이 많아서
훑고 있다

간섭하고 싶어서
지루하고 너무 외로워서
할 일이 없어서
일터로 가는 사람들이
부러워서

푸른 나뭇잎 아래서
젊은 시절을
그리며―

2-3. 자전거를 타는 소녀

자전거를 타는 소녀

나팔꽃 잎이 있는
스커트를 입고 가로수 따라
머플러 휘날리며 달린다
자전거를 타고

하얀 다리가
살며시 보일 때마다 휘청거린다
자전거가 수줍은 마음에

가까이 보이는 교회 창가에서
휘익-휘파람 소리 낸다
소녀를 훔쳐보던
소년이

나팔꽃 소녀
또 수줍어서
기우뚱거린다

꽃잎 날려서

종을 울리는 사람

올망졸망
좌우로 줄맞추어
앉아서 사각을 번쩍든다
영광을 위하여

누구를 위하여
종을 울리려고 하는가―
오답에 한숨 쉬고 일어나
머리 긁고 퇴장한다

어이없어 하는 선생님들
기도하다가 웃고
가슴 졸이다가 박수친다
저 녀석이
내 제자지

골든 벨 종소리
승리의 축복소리다
사랑의 연가다
희망의 소리다

천마산이여 영원하라

신이 사는 하늘에
손 내밀면 닿을 듯이 웃는 당신
어머니의 품처럼 안기고 싶은
도도한 태고의 기상

뭉게구름 앉아서 놀다가고
옥구슬 이슬비 내리면
청솔가지 멧새들이 함께 마시고

아름다운 능선
천개의 골짜기마다 꾀꼬리소리
조국의 민족혼이 서려있다
아버지의 웅지雄志가
어머니의 젖줄이

희망을 노래했던 삶의 터
행복에 찬 사랑의 찬가를 부르며
오늘도 그 자리에 서 있다.

강물처럼 도도히
바람처럼 유구히
바위처럼 묵묵히

천마산이여 영원하라

청자

파란 창공
학의 날개를 달고
우아하게 비상한다

장구한 세월 속에
역사의 예술혼이
선비의 푸른 술잔으로
사랑이 담긴 안방주인으로
그림을 그린다 미경에
고혹의 자태를

청초함으로
도도함으로
우리의 얼과 함께

오늘도 그 맥을—

피아노 화장실

천마산으로 이사 올 때
피아노화장실이 있음을 몰랐다
텔레비전 프로에서 자랑한 것도
시원한 물줄기의 인공폭포도

농익어 떨어지는 살구를 줍는 맛
아름다운 선율의 피아노소리
둘러친 울타리의 장미꽃
올망졸망 핀 작은 꽃들
하얀 나비의 나래 짓을
보고 듣는 즐거움들도

하지만
더 기쁘게 하는 것은

손자들이 작은 풀장에서
개헤엄 치고 물장구치며
해맑게 웃는 소리를
듣는 것이다

노년에 아내와 함께

하얀 행주치마

흰색은 이념이 같아서
백로친구를 좋아하고
까마귀는 싫다

먼로의 펄럭이는 스커트
어머니의 하얀 앞치마
하얀 것은 흑색을 거부한다
순수의 아름다움 때문에
희어서 흰나비를

하얀 마른행주가 좋아서
어머니는 검정을 싫어했다

어느새 어머니처럼
하얀 복사꽃이 좋아서
도원경桃源境을 유영한다.

하얀 치마 입은
어머니를 만나보려고

한강

어머니의 품
아버지의 기상
우리의 젖줄
한강

여기에 우리의 민족혼이
여기에 우리의 위상이
여기에 우리의 기적이
숨쉬었고
높아졌고
일어났다.

한강은
민족의 젖줄 삶의 터전
사랑의 노래를
희망의 노래를
행복의 노래를
부르는 곳

한강이여
영원무궁 하라
대한의 민족을 위하여

행복해지는 것들

당신에게 초점을 맞춘다.
늘 같이 웃고
마음을 읽고
전부를 알려준다

혼자 생각하지 않고
혼자 걱정하지 않고
혼자 사랑하지 않는
것들

행복은
멀고 가까운 곳에
작고 큰 것에 있다.

사랑의 눈으로
웃고 맞추고 웃고
함께할 때만이

호박꽃

빨강버스 다니는 길옆
멋대로 펼쳐진 장원이 있다
산 아래 턱엔 푸른 밤나무
모여 핀 호박꽃과
함께

가끔가다 등산객이
지나다가 살펴본다
몇 개 달렸는지
아침운동 가는
아줌마도

어서 익어야지
손자 녀석 서울서 오면
호박전 해먹게
여름방학 오기 전에

아직 영글지도 않은
호박밭에 전부 서서
동상이몽이다
어제도 오늘도

소라의 꿈

꿈을 꾸는 당신
하얀 백사장에
외로이 살면서

무엇을 그토록 그리는지
홀로 떠나간 임을
뱃고동소리로
노래 부른다

꿈속에 집을 짓고
바닷물을 떠다가
제 살로 아침을
만든다

제 먹지 아니하고
나보고 먹으라더니
하얀 껍질만 남겨두고
어디론지 홀연히
떠나갔다

푸른 꿈을 실고서

3. 가벼운 經詩

ㅋ-1. 땅강아지

땅강아지

어둠 속에서 땅을 판다
집 만들려고
새끼 키우려고

사람이 땅을 파면
느티나무가 넘어진다
도랑물이 없어진다
아이들도 못 놀게

그래도 판다
헬멧 쓴 사람이
땅강아지가
밤낮없이

욕심 없이 욕심이 있게
차이로 싸우고
죽는다

자연인이
비자연이

쌀독

이를 수 없는 것을
도달 할 수 없는 것을
건널 수 없는 것을
이루고 도달하게 하는 것

한 마리의 물고기로
한 잔의 포도주로
넘쳐서 배부르게 하는 능력

빈곤이 풍요로
없음이 있음으로
과다過多의 차이가 없이
채워 주는 힘
모든 것을
쌀독을—

찍어 바르느라고

왜 안 내려와요
페인트 칠 하느라고요
얼굴에
그래요 여자들은

주차장에서 차창 닦는데
앞집 여인이 웃으며
묻는다

여보 갑시다
다 닦은 차에
문 열고 올라타자마자
재촉한다
늦었다고

나갈 때마다
찍이 바르는 것이
문제는 문제다
남자들에게

출발

달리기 선수가 라인에
체조선수가 발끝에
다이빙 선수가 발가락에
초침의 날을 세운다
더 빠르고 우아하게
멋지게 하려고

준비 없는 자
기다려 주지 않는다
무엇이든지 호각불면
출발한다

먼저 준비해야 한다
함께 하려면

청사초롱 들고 임
기다리는 마음으로
출발 전에

양보

늦지 않으려고 속력을 내는데
튀어 나오다가
멈추는 차

급정차로 양보한다
어쩐 일이여 양보를 다하고
저기 좀 봐
가봤자 빨간불이야

어쩐지
그럼 그렇지
아내의 볼멘소리

교회에 가는 길
출발이 좋은 날
양보해서

하면 된다

따라하는 것
반대하지 않는 것
배려하는 것이
모임의 힘

육체노동처럼
힘든 것이 아니다
무거운 짐을 지는 것도 아니다
사소한 것을 지키는 것이다
실천하는 일이다
행동으로

못한다는 것
결국
자기의 양심마음
실천의지일 뿐–

함박웃음

착한 웃음
니꼴equal 평등
진실하고 의로운
참의

옳은 것을 옳다고
그른 것을 그르다는
판단을
스스로를 크게 드러내지만
상대를 아끼는
함박웃음

선한 웃음을 지키는 일
받아들이는 것
언제나

라이스rice 페이퍼

길게 둥글어서
보면 볼수록 형태적인
미를 보게 된다

이상한 짓 하기 좋아하는 사람들
고체 바둑판처럼
얇은 종이로 만들었다

목욕하면 다시 네가 되지만
왜 그런지 비닐봉지를
삼키는 것 같아서
토악질을 한다

너는 너다워야 한다는
고정관념 때문에

십 오도의 내 인상

기울어진 내 얼굴
똑바로 보지 못한다
세상을
사람을

이상할 것 없다
세상은 원래 그런 것
인간도 그런 것
똑바로 보려고 해도
비뚤어지게 보이는 것
생生과 사死

거만하다는 것
삐딱하다는 것
생각의 차이

누가 뭐래든
지긋이 눈감고
삐딱하게 바라본다

오늘의 세상을—

야합野合의 노래

쇠고기와 아날로그전자
조금 빠름과 조금 느림이
좌측우측 동관서관이
모래로 고대광실 만들고
촛불로
제 몸을 때운다.

귀여운 뿔과 사각뿔
큰 몸통과 작은 몸집
긴 코를 높이 들어서
반목反目의 역사를 만드는
어린양들소코끼리

영광과 승리의 피안彼岸
강물처럼 흐르는 빨간색 혈흔
떨어진 살점 각뿔
푸줏간 낙관落款으로

조국의 흥망성쇠를 위하여
민족의 위대함을 위하여
노래와 노래로

불요의 자존심을 위해서도
명분을 목걸이로 걸고
오늘도
야합의 노래를 부르지만
역사는 흐른다

ㅋ-ㄹ. 첫인상

첫인상

보자마자
찡그리는 얼굴

혐오감 때문이라면
사랑이 부족했어도
미소가 없어도

책임은 모두
나에게 있다
당신에게 있다

첫인상
첫사랑
첫차

처음은 시작이고
끝이다

화장실

그들은 어떻게 했을까
문화풍습의 차이를
재래식화장실
장독된장냄새

김치냄새
문화차이라고 말하겠지만

지금
우리가 오지를 방문하고
내뱉는 말처럼 미개인들이냐
아니면 그들도 사람이야
그런 말을 했을까

자꾸
생각나는 것은
우리를 일깨워준
선각자들
생각이 나서다

먹거리

먹어야 살고
먹기 위해 산다는 말이 있다

먹지 않으면 죽고
죽지 않으려면 먹어야 한다

먹고 먹히는 것
죽고 죽이는 것
생존경쟁이고
참이다.

사랑행복번영영광
존재이유의
절대치는
그래도
식후금강산

금메달

얼마나 고생한 뒤에
얻어지는 수확인가
눈물 흘리는 것
보면 안다

발바닥에 군살이
귓바퀴에 못이
얼굴에 피멍이
생겨도
참고 이겨낸 결실이다

피와 흘린 땀방울의
길이로 결정 된다
빠르고
높은 것이
먼 것이

달라진다
노력의 차이에 따라서
차상차하가
색깔이

엄마, 백 원만

왕사탕 사서
종일 빨아 먹었다
백 원만 달라고 졸라서
엄마한테

길에 떨어져도
안 줍는 사람도 있다
그걸 적선하면 눈 흘긴다
너나 쓰라고

가치가 높아졌나
잣대의 눈금차이인가
묘한 것이
세상일

어제는 매달리더니
이제는 눈길도 안준다
못난 마음 때문에

세월을 탓하지만
너와 내가 돌아버렸다
한참이나

용돈

동창회에 가면서
결혼식에 가면서
맡기고 쥐꼬리를

안 받고 안 써
울 엄마는 손자 주워
왔는지 알아
잠깐 봐달라는데

하루 종일이 잠깐이냐
푸념하지만
아이 맡기고
번개같이 사라지진다

바로 올께
저녁 연속극이 끝나고서도
한참 뒤에 나타나서
나 빨리 왔지
엄마

똑같은 소리 내고
지지고 볶고 산다
모녀가 ―

알찬사람

쉬었다가 하자
다음에 하지
먼저 해
사탄이 주로 하는 말

쉼 없이
미루지 않고
나서서 하는 것
절대자가 좋아하는 일

어떻게 할까가 아니라
시키지 않아도
닥치는 대로 하는 것이
참된 일꾼
알찬 사람

노을

왜 둥근지 몰라서
당신 앞으로 붉은 무리들이
모여들었다

홍당무처럼
몸을 불태우고
노랗게 물들이더니
그림자를 지워 간다

이별이 서러워
울며 서 있는 당신을
아쉬워하지 않고
수평선 위에 앉아 있다.

집으로 가지 못한
낙조들이 길을 잃을까봐
잠시 동안 회색을 만들고
기다리는가 하더니

반원을 만들고
남은 몸을 조금씩 불사른다

노란 불꽃
당신의 검은머리를
금빛으로 만들더니
칠흑으로 변한다

당신이 서 있는 것
잊어버린 것이 서러워서
홀로 울고 서 있다

구름

쳐다보면 어머니
사랑꿈고향이 보인다

재주부리고
곰 같아 보이지만
솜사탕 만들고
노하면 아기 오줌 눈다

책으로 눈 가리고
잔디 위에 누워
임 그리는 꽃님이

빙긋이 웃고
꿈잠깰까봐 그림자 속으로
숨어서 보고

멀리 고향에
똑같이 소식 전하며
두둥실 다른 곳으로 간다

양날의 칼

야누스의 얼굴
먹고 입는 것이
살 수 있는 가치가

못 살겠다고 하는 말
입에 달고 사는 사람들
밀가루 안 먹고
석유 안 먹고
물만 먹지 뭐

삶의 희로애락이
고물가에
고유가에
고금리에

한숨 속에서 나오는 말
죽기 아니면 살기지
양면의 말
이중성

3-3. 봄꽃

봄꽃

봄눈이 내리면서
앉을자리 걱정이다

앞마당에 꼬리 흔드는
강아지 머리위에

옥색 치마입고
장에 가신 엄마에게도
봄꽃으로 내려주고 싶고

열어 논 고추장 항아리
시궁창에 내릴까봐 걱정되지만

천사처럼 웃는 아기에게
하얀 꽃으로 내려 같이 웃고

서둘러 집에 오고 싶은
엄마 마음속에 살포시 내려앉아
함께 웃고 싶다

안경

우연히 서랍을 열다가
아버지를 보았다

손때가 보이고
헐렁해진 다리가 한쪽으로 기울어져
가슴을 찔렀다

멋있어 보여 써보니
하늘 노랑색 빙글 돌더니
먹은 것만 토해 냈다

섬광이 번쩍이며
웃는 얼굴이 보여
와락 눈물을 쏟아내고

다시 만져 보다가
거울 앞에 서서
써보니
예전처럼 같은 모양으로
아버지와 같이 있었다

소나기

매미가 죽어라 울고 나면
소나기가 시샘하며
내리지요

개울가 청개구리
가만히 숨죽이고
버들잎 속으로 숨으면

비 맞은 망아지 엄마 부르고
할배는 꼴짐
서둘러 싸며

하늘 쳐다보고
어 허 시원하다
칭찬하지요

그 소리에 심술궂은 소나기
못이기는 척
그치지요

성탄절

생각나는 것이
공책노랑연필사탕엄마손
따라서 가고 받아 왔다

그렇게 좋으니
사탕을 녹여 먹고
연필로 공책에 그림을 그렸다

이건엄마이건나이건하나님
아빠는
교회 안 갔잖아

너무 무섭게 그렸어
거짓말하면 이렇게 돼
잘 못 그린 엄마
안 그린 아빠를 다시 그렸다.

백발이 성성한데
그날이 자꾸 생각난다

손녀

까르르 웃더니
몸 뒤집기 체조하고
아래위로 손 흔들며
할매 부른다

심심하다고
눈 맞추고 웃자 더니
입 오물거리고
엄마 찾는다

보고 싶은가 보다
참견하던 할아버지
핀잔 듣더니
똑같아 진다

아기가 둘이다
맑고 티 없는 눈동자
고사리 손
하얀 머리카락

철새

바람이 불고 지나가면
봄여름가을 그 위에 겨울이
변함없이 오고 가는데
혼자 머물기 싫어서
어디로 가려는지

서둘러 가려거든
이별가는 부르지 말고
사랑 노래 부르며
미련 두고 떠나지 말게

서두르다가 행여 힘들어져도
다시 생각하지 않고
어서 가겠노라고
매몰차게 떠나가더니
겨울 위에 봄여름 다시 오니
서둘러 왔구나

반가워도 미안해 쳐다 못보고
고향 땅에 내려앉아
작은 소리로 인사하며
다시 이별은 없다고 약속하더니

또 잊었구나
그래 가려무나

나도 너 따라 가고 싶지만
백발이 보여 뒤돌아보고
한숨 나와 못 날아가지
어서 서둘러 떠나고
봄이 오면 다시 오게나

동창회

만국기 밑에
확성기 소리 지르고
모래주머니 등에 지며
젊은 시절 흉내 내더니
모래땅에 털썩 주저앉아
무릎 주무르고
막걸리 마시며
벽에 오물 칠한다

꽹과리 치고
마이크 앞에서 랩송 부르고
나 붙들고 울더니

남은 인생 멀지 않다고
한숨 쉬는 얼굴에
같이 울며 하는 신세타령
작년하고 똑같다

아버지와 아들

달빛 그림자로 두개를 만들더니
늘 그 자리에 서 있다

앉아 있지 못하면 굽히기라도 하던지
사랑 노래 해주며
키 재기 한지 오래다

턱 수염 깍지 않고
서로 뺨 비비더니 하얀 머리가 되었고

실 담배 연기로 그림자 다시 만들고
땀에 젖은 잠방이
빗자루낫호미삽등지게
만지며 훌쩍이는데

푸석한 머리 위에 검불 하나 붙어
우는 얼굴 막는다

육자배기 단골이지만
다른 그림자만큼만 부르고
육포 놓는 자리만은
확실히 알려 주었다

그냥 두면 더 좋은데
싫으면 가지 말고
좋아 보이면 해보지
그림자 둘이 하나가 되어
늘 그 자리에 서 있다

관악산

창문 열면
가까이 보이는 집마당 산
새벽에 가고 오고
저녁 먹으면 별 본다고

무엇이 그리
보고 싶고 그리운지
같은 시각에 오르고 내리고

봄은 봄이어서
여름새 보려고
알밤 도토리 줍고
하얀 눈 위에
발자국 남기려고

창문으로 보고
수없이 가고 오고
서러워 다람쥐 쳇바퀴
한 자리 맴돌고

박꽃 당신

큰 나무
큰 바위 아래
큰 그림자

박꽃처럼 웃는
당신 얼굴 보이면
기대앉아

당신만 생각하고
사랑 있음이 나눔으로
가득 차고 넘쳐

사랑 노래만 불렀으면—

4. 무거운 重시

4-1. 소피스트의 지혜

소피스트의 지혜

사지四智의 세계가 있다
피리 부는 지혜
목공의 지혜
법 만드는 지혜
시 쓰는 지혜

어느 것이 좋을까
어떤 것을 할까
무엇이 더 유리할까
달란트가 있다
하나님 뜻대로

깽깽이 치는 풍악 쟁이
쟁기 만드는 대장장이
풍월을 노래하는 글쟁이
똑같지 않다
땀방울의 차이가
장인정신이

믿음의 정신도—

건빵

시건방져서인지
물기가 없어서인지
대용식代用食이 되었다

먹고 물마시면
부풀어 올라 배부른 건빵
몸값이 비싸졌지만
싸구려 취급받는
젊은 병사들의 고향생각 빵

단돈 천원
한 봉지에 덤이 둘
먹고 먹어도 물리지 않아서
군대생활이 생각나서
오빠가 생각나서

오늘 사서
내일도 먹고
또 먹고 먹힌다

경찰청 창살

창청총
발음 잘 안 되는 말

깐콩깍지 안깐콩깍지
간장공장장 안간장공장장
곱창집 음막창집 황막창집
홍김치찌개집 꽁치찜볶음밥

한국 사람이
지 말도 못 한다고
바보 취급하지만
너도 해봐요
잘되나

하면 할수록 잘 안 되는
된소리 동어반복
돌림 말하기

경청傾聽

세상에서
제일 말 잘하는 사람은
남의 말 경청자

듣는 것이
말하는 것이고
술법術法이 듣는 것

시끄러운 곳 사람들
서로 자기말만 하고
듣는 사람이 없다

제 먼저 죽어도
듣기를 거부하는 잘난 인간들
쇠귀에 경經읽기

고스트ghost

돌아가라
집으로 회귀하라
네 갈 길로 가기 싫어도 가라

엄마가 보고 싶어도
더 따라오면 거기는 세상 끝
모든 것이 끝나는 날

뒤 돌아보지 말고 가라
네 본연의 고향으로
이승의 엄마가 보고 싶으면
잠든 밤에만 찾아와라
꽃동산이 없는 곳으로

몰래 살짝
엄마 볼만 만지고 가라
네 사랑의 집으로 가라
뒤돌아보지 말고 사정없이 돌아가라
따라오지 말고

고유가高油價

아껴야지
글쎄 해야 되는데
저 사람 좀 봐
저렇게 속력 내는데 절약이 되겠어
뭘 얼쩡거려

그냥 받아 버릴까
애들 앞에서 하는 소리 하군
아냐
그냥 두면 안 돼

코팅파마선글라스 앞으로
가속페달 힘차게 밟고
쏜살화살같이 추월
휘발유 아끼기는
더러운
성질 때문에
똑같이 아예 안 된다

고유가 유류절약
별것인가
뭐
질서 지키기지

공정성

축구공을 좌도우도 아닌
중간으로 차는 일이
공정성

아버지가 아들딸에게
사랑과 행복을
똑같이 나누어 주는 일이
형평성

그렇게 쉬운 걸
사람들은 왜 모를까
자ー알

콩알 나누기가
공평공정성인데

금강산유람

오호嗚呼라 통탄痛歎지고
생의 이별이었음을
모르고 생일여행 간곳
금강산해수욕장

붉은 병사는 총으로
누구를 위해서
무엇을 위해서
한민족을 쏘았는가

인간의 생명을
파리 목숨처럼 죽이는
동토凍土의 땅

언제
꽃 피고 새 우는
해빙解氷의 날이
올지

내일은 내일

그렇게 할께요
그렇구 말구유
뭐든지 긍정이다
억울한 일 당해도
할머니에게서 배운다

내일 일은
내일 생각하고
오늘 일은 오늘 족하다
생기지도 않은 일로
걱정하며 사는 사람들
미래를 걱정하지 마라
내일 일
내일 생각해도 늦지 않다

살다보면
오늘 걱정할 일도
많은데-

대마도는 우리 땅

독도가 네日 땅이라면
대마도는 당연히 한국 땅이지
남他의 것과 제 것
당연지사도 구분 못하는
견犬도 웃을 사람들

노망老妄한 일본인들
대마도가 경상도 땅인 것을—
세종실록世宗實錄은 알까

한국백성이
멀고 작디작은 섬
무인 무왕래로 지킨 대마도는
옛날 옛적부터 우리의 땅

일인日人들 중에
갈 곳이 없는 자
버림받은 자들이
무단 점령한
한국 땅이
대마도

이제 그만
돌려 달라
대마도를

한국국민에게

---

* 세종실록世宗實錄 1419년(세종1년) 7월 17일조에 대마도가 우리 땅임을 기록(대마위도對馬爲島, 예어경상도지계림隷於慶尙道之鷄林, 본시아국지지本是我國之地, 재재문적載在文籍, 소연가고昭然可考)/ 조선일보(2008.7.17.)

4-2. 삶의 무거움

삶의 무거움

산다는 것은 짓누름이다
돈키호테 소피스트가
되씹은 말

무엇을 위해서
죽음으로 가는 골목에서
생의 귀착점에서
벗어남의 미로에서
찾음의 단초端初다

아니라면
생의 희망이다
사랑의 찬가다
아버지의 어깨 같은 넓음이고
힘의 추구다

짓누름의 처음이고 일탈逸脫이다
무거움과 가벼움
시작과 끝

자각自覺으로의 시간들이—

문원 그렇게 가다니

오호嗚呼라
만개춘하지절 滿開春夏之節에
문원文園 그렇게 가다니

산다는 것이 무엇인가
일장춘몽이 맞는구려

그렇게 살다 갈 것을
충청도 한복판 한밭에서
서릿발로 훈장질하고
너도나도 잘살아보자
근면자조협동운동에
동고동락했는데

별과 바람이 되어
강물이 되어
더 높이
더 세차게 더 도도히
홀로 가버린 시인
편린의 아름다운 시구詩句들
밀알로 남기고
그렇게 떠나다니

오호嗚呼라
춘하추동지절春夏秋冬之節
임과 내가 함께 한
아름다운 추억들이 강물이었음을

---

* 박명용文園 1940.12.~2008.4. 폐암으로 귀천

미국소牛

견犬은 견이고
우는 우牛다
미국소
한국소
무적籍 물소

풀 먹고
물 먹고
같은 모양이다
뿔이 달라도

살다가 백년해로 못하고
사람들 창칼에
맞아죽으면서도
제 살점으로
보답 한다

그걸 먹는 인간들
보은은 모르고
내 병 걸린다고
아우성이다

너나 무지하여
밤낮없이 촛불 켜고

밀가루 값

안경 낀 노인에게
비싸다고 조심스럽게 말하는데
거기 가서 사면 될 것 아니냐
버럭 소리 지른다

점심 빵 먹기
편히 끼 때우려고 빵집에 갔다가
호되게 야단을 맞았다

어디 여기뿐인가
똑같이
화가 치밀어 토라져 나오려다가
괜한 심술 돋아서
한마디

그래가지고서야
어디 장사 하겠어요-오
밀가루 값이 천정부지지

그 말에
이심전심 동화되면서
식빵 사고 돈 내고
웃어 주었다

밥숟가락

이제 쉴 때도 되었지
자식에게 맡기는 것도
나쁘진 않아
나이가

긍정도 부정도 못하고
침묵하다가 그냥
그럼 그렇고말고
대답하지만 속재기가 어렵다
산다는 것

부정과 긍정의 연속이라고 하지만
이제 손 놓으라는 것이
밥숟가락 놓으라는
말로 들린다

저도 늙을 텐데-

변화

변해야 한다고
글방 외우듯 하지만
변하지 못한다.

많이 변했어
산다는 것은 모습의 변화
풍경이고 아름다움

살아야 하기 때문에
붉은호랑나비이슬먹는꿀벌이
침달린고슴도치가
포효하는사자도
철따라변화한다

죽음도 불사하지만
세상 사람들 세살 때 버릇
못 고치고 산다

무엇 때문에
왜

불경기

우산장수
용산 쪽에 비가 많이 와요
미리 준비하지 못한 분
오천 원에 장만 하세요

말이 떨어지기도 전
반대편에서 기타를 들고
나타난 사나이 인사
비오면 우산도 안사지요
뭐 되는 게 있나요
노래도 비오면 경기 타요
그들의 외침소리
그들의 노랫소리

불경기
정말
과거현재미래에도 존재하고
오늘도 불경기

새터민

둥지 틀기
새들도
이곳저곳을 찾아다닌다
더 좋은 터 찾으려고

물설고 땅 설은 이국땅 한국
중국베트남캄보디아방글라데시
동아시아 여인들 일꾼들

텃자리 찾느라고
텃밭 찾느라고
새말 배우느라고
새댁
연습으로 밤잠 설치며 헤맨다

대한민국의
이곳저곳
구석구석을

석고대죄席藁大罪

그들도 우리 아들인데
유모차 끌고 나선 엄마도
촛불 들고 기도하는 사람도
헬멧 쓰고 새벽에 조는 사람도

적과 적 아전인수我田引水
상생相生하지 못하고
쇠파이프를 들었다
물대포를 쏘았다

누가 누구를 위하여
승전고를 울리려고 하나
조국의 장엄한 광영인가
민족의 위대함인가

차라리 너와 내가
위대했던 민족혼 앞에 엎드려
석고대죄席藁大罪하는
참된 아름다움이 있었으면

* 우리모두에게고한다오늘우리는어디에서있는가서를믿지못하고불신한다그위
대했던우리의민족혼은어디로갔는가월드컵에서보여주었던장엄한영광은어디
로갔는가왜상생하지못하고서로를물고뜯는가이제우리는한데뭉쳐서더높은이
상을찾아야한다그리고지금까지해온것처럼영원무궁한발전을위해서전진해야
한다서로를존중하고상생하는원칙이존중되는사회를만들어야한다그렇게하기
위해서는우리는이제분연히일어나모든역량의힘을한데모아야한다우리가나아
갈길이고살길이다광우병소동 2008.6.30.

시집을 불사르고 싶다

영광을 위한 촛불이여
자기 몸을
자학自虐으로 불사르지 마라

진정한 정의가 아니면
미학의 사랑이 아니면
참다운 진실이 아니면

그래도 태워야 한다면
더 높고
크고 밝게 이성의 빛을 내라
정의를 위해서
사랑을 위해서
진실을 위해서

조국이 한 것처럼
백의민족이 한 것처럼
광복민주를 외친사람처럼

쇠살 백百그램 값만도 못한
시집
그것을 쓰는 사랑의 애가哀歌

자유의 광장으로 한발 나가
내
시집을 불사르고 싶다

---

* 2008.6.30.

4-3. 침묵보다 더 좋은 말을

침묵보다 더 좋은 말을

석유파동

세계에서 가장 비싼 물가

유산

이자

종이와 디지털

쥐꼬리 봉급

천적天敵

칭찬

피자

침묵보다 더 좋은 말을

엎질러진 물 깨진 바가지
주워 담을 수 없고
꿰맬 수 없다

무심히 지껄인 말
화살 되어 비수가 되어
찌르고 후빈다

침묵보다도 더 좋은 말이 없다
참으면 될 걸
비꼬고 말해 앙금 만든다

또
생각 없이 한 말
적 만들고
아픔주고 상처 준다

똑같은 크기로
똑같은 무게로

석유파동

화석化石연료
바닥날 줄 모르고
펑펑 쓰고 버리다가

그 놈이 어느새 중요하다는 것을
느끼고 알 것 같은데
이제 부족하다는 말에

에어컨 자동차
거실에 주차장에
멈추고 세워놓고
자전거 타라고 야단법석

며칠이나
견디고 참고 살지
그건
귀신도 모르는 일

세계에서 가장 비싼 물가

세상에서 제일 비싼 곳
한국 서울
물가

많이 먹어서인지
좋은 것만 찾아서인지
겉치레 중심인지 모르겠다

명품
미제유로제일본제가
덤터기 씌워서인지 헛갈린다

그걸
모르는 서민들 분통 터트린다

얼마나 더
울며 겨자 먹어야
하는지

유산

자식에게 주는 재산
독으로 변하여 아들을 죽인다

땀흘려일하지 않는 나태
여유로움의 방종放縱
이웃을 모르는 아집독선
자기 밖에 모르는 이기심
생기고 넘쳐서
못
막는다

독을 약으로
악을 선으로
유전有錢을 무로
물질을 전이轉移로 치유하고
베풀어야한다

자식에게
반대급부 없이 주는 돈
유산재산상속은
그래서
극약

이자

토끼도 인간도
굴 아파트 집에서 산다

굴은 몸으로 파고
집은 세멘으로 짓는다
몸짓과 기술
자연과 물질의 차이가 난다

돈이 필요 없는 자연
돈만 필요한 물질
사람들이 미친다
돈과 집 때문에

돈이 집을 먹고
이자자식 키우려고
굴은 그대로지만
집은
자라서 자식이 된다고

오늘도
우리는
전쟁 중이다

종이와 디지털

지책紙冊 없어져야 해
흥
인류가 멸망해도
스스로 존재할 걸

디지털을 모르는 소리
돈 없어도 쓰면 되지
시간공간장소없이

교황의 위력
스탈린의 권력
나폴레옹의 용기도

제곱근의 법칙
우주 자연의 섭리
자유와 질서
사는 이야기를
쓰면 되지

종이책은 전기 없이 살아
그걸 모르는
너는
바보야

쥐꼬리 봉급

아들이
올릴 줄 모른다
빵
값이 올랐지만

안
올랐지
봉급 또는 휘발유 값
계면쩍게 웃더니
삼 만원 올려 준다고 한다

화가 치솟아서
소리를 지르려다가
꾹꾹 열 세도록 참고
눈 껌벅이자

인상의 절반이
고작
그거라는 말에
머리를 숙였다

천적天敵

산용자山龍子
왕王이라서 왕도마뱀
비늘

코프라cobra
킹king이라서 킹코프라
큰독

한자와 영어
산 왕자와 밀림 왕
네발 몸과 긴 몸
비늘과 독

건곤일척乾坤一擲
승勝비늘

칭찬

소도 웃게 만드는 일
칭찬의 말

진솔하게 칭찬하라
기쁨이 넘치게

비난하거나
비평하지 말라

당신의
비평도
비난의 대상이라는 것을―

피자

빈대떡 신사 그 이름도
이젠 허공에 뜬 이름
어느 새 아이들은 피자를
더
좋아한다
김치 썰어 넣고
검은 솥뚜껑에 참기름 치고
부쳐주던 어머니
손맛
빈대떡
어느 게 더 좋은지
손자와 할아버지 대결
토종의 대표로
외래종 대표로
기세싸움
투정싸움
눈치싸움
까지 똑같이
하고 하면서

5. 웃기는諧謔 시

5-1. 글쎄 그려

글쎄 그려
그럼 돈 받을까
김밥으로 때우는 식사
남자다 도망가
너 때문에 산다
네일아트
도토리 키 재기
돈은 돌고 돌지
돼지새끼 키우기
저 건너 산이 볼까봐

글쎄 그려

이긴다니까
진다니까요
팽팽한 맞수의
인생대결

빨강머리 아줌마
콜라병 든 뚱보아저씨
젊음과 늙음의 함성
돈닢을 건다

저기 좀 봐
이기잖아
진다니까

신도 모르는
인생사 제로섬게임
그려 글쎄
모른다니까

그럼 돈 받을까

돈이 들어가야 하는 것
틈새 취미생활
중단하지 않으려면

귀찮아서 그만두고 싶어도
수강료가 아까워서
못 관두는 엄마들

공짜 문학 강좌에
빠진 엄마도 같은 변명
그럼 돈 받을까

선생님은 농담 두—
그 돈 아들우유 값이에요
함께 웃지만 취미 붙이기에
레슨비내야 결석 안하지
맞는 말 같다

물질이 지배하는 세상
요즘 엄마들의 사랑스런
여심을 들여다보면
벌컥 겁이 난다

산다는 것이
무엇인지가

김밥으로 때우는 식사

더 먹어
정량 먹었어
돼지가 아니라고
식탁의 언쟁

무엇해주니
전화 속에서 묻는 말에
아무거나 잘 먹어
그래도 그렇지
잘 먹여라

제x짓게 안 먹으면
어떻게 할 건데
그 소리에
토끼 눈 된 사람은
누구

사내들의 삶이
이제 여성들의
얄팍한 한쪽 손에
달렸다

남자다 도망가

훔친 사람도
놀라게 한 고양이도
무서운 호랑이도 아니다
남성이

수컷이라는 이유로
도둑으로 본다
파렴치한으로 본다

남편 없는 세상
앙꼬 없는 찐빵이라는 것을
모른다
여성들은

여자다 도망가
남성도 할 말은 있다
사람이어서

너 때문에 산다

공부해라
맨날 공부만 해
내가 못 살아
책상에 앉은 지
오 분도 안됐어

엄마는
거짓말도 잘해
십분도 넘었어
너 때문에 못살아
어제는 나 때문에
산다더니

그 말에 거짓말이
발목 잡혀서
오도 가도 못하고
아들 머리통
한대 쥐어박는다

에라 이놈
너 때문에 산다
그래

네일아트

작은 도화지
열 장에다
그리고 그린다
여심을
파랑색을
노란색을

밥상 차리는 그림보고
남편이 양 색시 같다고
한마디 한다

그 소리에
밥상 차릴 생각 않고
다른 그림 그린다
도화지에
또

도토리 키 재기

보잘 것 없는
바보 인간들의 행진
잘났다고 자태를 뽐내지만
우주의 티끌

유비쿼터스
해파리 연체동물도
각뿔을 가진 코끼리도
뿌리 없는 인간들도
똑같은 존재

아름다운 민들레꽃
있다가 없어질 권좌들
유한의 힘

망각 속의 군상들
오늘도 공간에서 허공으로
다람쥐처럼 쳇바퀴 돌고
도토리 키 재기한다.

돈은 돌고 돌지

초라하더니
없어 보이더니
어느 날 갑자기
큰 아파트에 산다
무엇을 했기에

빨강치마 땅 투기
아버지의 유산
권력의 큰 힘

이상한 눈짓
신호로 보냈지만
묵묵부답이다

원래 힘은
갑자기 생기고
없어지는 것

갑자기 나는 생각
돈은 돌고 돌지

뭐 그런 거지—

돼지새끼 키우기

물 좀 한잔 갖다 줘
담배도 한 갑 사오고
누워서 시키고
잔소리한다

참다못해
버럭 소리친다
손이 없어
발이 없어

오늘 왜 그래
잘만 하더니

그래 잘했다
오늘은 못 하겠어
몸에 좋은 것은 다 먹고
텔레비전만 본다
누워서 음악 듣고
꼼짝 않는다

집안에 돼지새끼
하나 키운다
물 떠다 바치면서

저 건너 산이 볼까봐

카타르시스를 토하는데
하얀 변기에 앉아서

조그만 창문열고
여기는 왜 닫았어
냄새 나는데

그 소리에
들킨 것 깜짝 놀라서
왕잠자리 눈뜨고

저 건너
산이 볼까봐
무지불식 엉겁결에
대답하고 나서

토해낸 것은
푸른색 배설나무

5-2. 벽계수 읊던 목욕탕

벽계수 읊던 목욕탕

뭐 랑게 보내

밥 가져와

술 마시는 소리

신조어 만들기

아브지

어디가유

여보고기

열 내는 약

왜 그렇게 살아

벽계수 읊던 목욕탕

그 소리가
왜 그렇게
친근감이 있는지
목간통

과거로의 회귀
아버지와 함께 등 밀던
곳이어서 인가

사각형 타일 흰 바닥
더운물로 가득한 새벽
하나둘 모여들면

더운 물에 몸담고
지그시 눈감으면
천자문 청산리 벽계수야
읊던 그곳

목간통 그 소리가
지금도 그리워지는 사연은
과거로의 향수본능
귀천한 아버지의 정情이
그리워서인가

뭐 랑게 보내

또 보냈냐
니 쓰기도 바쁜데
고맙다는 말 대신에
깅상도 어머니가 내뱉는 말
용돈 받고서

구수하다 못해
익살스럽고 사랑스럽다
엄마, 고맙다고 말해봐
뭐라고 안 들려
그러니까 뭐 랑게 보내
니나 쓰지

동문서답
억센 사투리
거침없이 내뱉는 말
임마의 모성이
엄마의 사랑이
엄마의 알찬 삶이
살아 숨 쉰다

밥 가져와

그 놈의
밥 한 끼 안 먹으면
어디 덧나나

맨날 가져오라는
불호령이니
먹을 것이 없어
냉장고 뒤져봐
없다니까
그럼 맹물이라도
가져와

아내와 나
먹는 전쟁은
이렇게 시작되고
저렇게 끝이 난다

술 마시는 소리

머리가 아프다
배도 아프고
제일 놀라는 사람은
늘 어머니

토끼 눈뜨다가
보약 달여준다
약 먹고 다시 술로
밤을 지샌다

어머니가 더 아프다
얼큰한 음식 마련에
약방에서 좋다는 것 사다가
먹이고 한마디 한다

술 담배 끊으라고
그 말에 큰소리친다
운동할 시간이
어니 있어요

노모에겐 그 소리가
술 마실 시간은 있다는
소리로 들린다

무엇 때문인지—

신조어 만들기

별처럼 많이 만든다
별명을 할머니가
조인간 조쪼다
조콧털 조등신
조불뚝

그냥 웃다가
불뚝 까지 나오자
화를 불쑥 낸다
성질머리하고는
어디다 화를 내—

다시 신조어를 만든다
조성질
이래저래 이마에 붙은
바른 정자正 수는
셀 수도 없다

오늘 만든 것
안 넣어도

아브지

니 밥 먹었나
책가방 메고 나오면
늘 묻던 말

밥 먹긴
어디서 먹어
그래 그렇긴 하지

자장면 찐빵
하나만 먹어라
싫다 다 사주라

아브지 부자 아니다
니는 그것도 모르니
빙그레 웃는 모습

면도하다가 내 모습에서
아버지를 본다

귀천한지
오래되었건만—

어디가유

물어보면 될 것을
그냥 무조건 타고 보는
호호 백발할멈

귀조차 먹었다
어디가유
응 며느리 집에 다녀와
동문서답한다

뒤늦게 눈치 챈 듯
동막 가지
팔당 가는 데요
그려 맞는구먼

끝없는 선문답
끝나지 않았는데
전철은 기약 없이 간다
할멈은 차창 밖만
내다보고
앉아 있는데―

여보고기

갈비 파는 집
큰 간판을 걸었다
멋 내어서

하지만
더 시학적으로
더 미학적으로
이름표를 달았으면

당신고기 집으로

여보보다는
더 아름답다
더 사랑스럽다

당신이란
말이

열 내는 약

무엇이
머리털이 코털이
봉숭아 뼈가 주걱턱이
원숭이처럼 생긴 것도
똑같다

너 죽을래
자기는 잘 난지 알아
같이 죽자고 소리 지른다

못 생겼다는 말
열 내게 하는 쥐약으로
안성맞춤이다

시험해보면 안다
누구든지

왜 그렇게 살아

먹고 나면
비둘기둥지 소파에
한 쌍이 앉아있다

연속극을 보자
뉴스를 보자
견토지쟁犬兔之爭후
암컷 혼자
영화를 본다

끝나기 기다리다
지쳐서 끼어들면
그것도 모르냐고
큰 소리로 운다
수컷이

리모컨전쟁에서도
기氣싸움에서도
지는 사내

화장실에 언제 갔는지
수돗물 틀어놓고

외치는 소리가
귀청 때린다

수컷들이여
제발 또다시 제발
나처럼 살지 말라고

5-3. 인생은 해프닝

인생은 해프닝
잘 놀다와
인생은 달리기
잘 알면 돗자리 깔아
잘 있어
음 그려
진실과 구라
천덕꾸러기
헤드 뱅잉
호적이나 파가

인생은 해프닝

걸어본다
받지 않는다
전화를
왜

시간의 차이
생각의 차이
자유의 차이
희망의 차이
사고는
차이를 낳는다

더 많은
욕구를 위해서
하지만

제로섬 게임

잘 놀다와

회식에 가는 아내에게
한마디 한다
잘 놀다오라고
그 말에 피식 웃더니
훌쩍 나간다
저녁은 걱정 마러

큰 소리로 외치고 보니
현관문이 닫히고 난 후
허공에다 대고
내뱉은 말

나이 먹은 부부
동상이몽하고
소 닭 보듯이 산다

나이 값 하려고
그게 편해서

인생은 달리기

트랙에서만 하는 것이
아닌 달리기

시골로 가는 전철역
드문드문 오고 가서
환승역은 백 미터 경기장
일번에서 삼번으로
경주한다

숨을 몰아쉬는 선수들
하이힐 지팡이 노인
운동화 책가방 젊은이
못타고 탄다

불평등 조건에서
요령과 미숙이
허탈과 기쁨이
상존한다

골인의 안정감
아직도 달리는 사람
어제도 오늘도
경쟁한다

잘 알면 돗자리 깔아

일억을 그냥 버는 건데
세주고 이사 가서
아파트를 샀으면

손바닥엔 왜 물 묻혀
그렇게 잘 알면
돗자리 깔지

그러니 이 꼴이지
누가 말렸어 그렇게 하지
시작과 끝이 없다

사는 것
허무맹랑한 춘몽春夢
모르는 일로 다투고
중언부언重言復言한다

욕심은
그저 욕심일 뿐—

잘 있어

이별이 아닌 그 말이
늘 버릇처럼 사용된다면

그래 잘 다녀와
쓰레기 버리러 가면서
내던지는 말에도
해학이 있다

잘 있어요
잘 가세요
현관에서 부르는
이별의 부산정거장
추억을 부른다

인생은 잘가 잘있게의
상관관계相關關係
시작이고 끝인
미완성 교향곡

음 그려

긍정인지
부정인지
애매모호한 대답

중용은 필요한 것
이것도 저것도 아닌 것은
우유부단優柔不斷

좋은 게 좋다는 말도
그저 그러지라는 말도
보기에 따라 좋은 말
나쁜 말이지만

울 아버지는
음 그려, 달고 산다
중용을 아는지
모르는지

진실과 구라

전철 안
큰 광고판에
진실과 구라가 있다

참되게
열매를 맺게
물주고 가꾸는 것
순이 엄마처럼
사는 것이 진실

입만 열면
옥수수 튀기고
늘리고 깎아내리는 것
욕쟁이 할매처럼
뒤엎는 것이 구라

참과 허상이
상존한다
그 속에

믿는 것과
믿지 못하는 것이

천덕꾸러기

아플 일도 없어
이리 저리 차이느라고
차라리 아파 누웠으면
그냥 말 못하고
사느니

이제 죽어야지
또 시작이다
이제 그만 하세요
며느리의 무심한 말에
닭똥눈물 흘린다
서러워서

너도 늙어보라
천덕꾸러기가
뭔지 알게 될 테니까
그 말에 며느리가
움찔 한다

총 맞은 여인처럼-

헤드 뱅잉

헤드는
머리라는 것을 알겠는데
뱅잉은 무엇 인고

할아버지 그것도 몰라
뱅잉은 돌리는 것의
진행형이지

오라
뱅 뱅 뱅 뱅
돌리는 거란
말이지

겨우 알아듣고 나서
머리가 뱅뱅 돌아
다시 잊어버렸다
할아버지는ㅡ

호적이나 파가

어디서 나왔는지
엄마가 낳았잖아
난 너 난적 없다
니 아버지가 났지

남자가 애를 낳아
너도 크면 알아
아버지가 났어
거짓말한다니까
에그 저x

나만 보면 야단쳐
그래 네가 싫어서 그렇다
그럼 강아지하고 집 나갈까
그 소리에 놀란 엄마
집은 나가지 마

니 아버지 하고
호적이나 파가―

6. 사는 說理 이야기 시

6-7. 나쁜 시 속에 좋은 시가

나쁜 시 속에 좋은 시가

작은 고기를 잡다가
큰 고기를 잡는
것처럼

고래를 잡으려면
새우를 잡는 것에서부터
시작하는 것처럼

처음부터
큰 것 잡으려고 하면
아무 것도 못 잡는다
봉황 잡으려다가
집닭 잃는 것처럼

좋은 것의 존재는
나쁜 것이 만든다
희소성 가치도—

가자미 국수

못난 입술 작은 눈으로
바로 보기가 미안해
곁눈질로만 본다

물밑 모래밭에
고대광실 몰라서
움집 짓고 부수고

넓적한 몸뚱이가
빗자루가 되어서
평생을 청소만 하다가

용왕상도 못 받고
줄 타고 이별가 부르며
지금 막 뭍으로 왔는데

내 속살만 토막쳐서
오이쑥갓 풋고추와 함께
낚시 국수 줄에 엉켜서
죽은 듯 누워있다

권리와 의무

개밥처럼 던지는
공짜 전철표
줍지 않으려다가
모나리자로 웃고

사이공구공사 민중民證
오기로 창구에 내밀고
노려보고 서있다.

스포츠사각 얼굴
박장대소로 웃더니
사십 오도로
고개 숙인다

권리와 의무
무언의 공감대 형성
이심전심 확인
웃고 풀린다.

까마귀 애곡哀曲

깜장 콩 안 먹었는데
까만 까마귀
가슴도 까말까

아침 창으로
왔다갔다 날아들며
까만 창唱부른다

반갑지 않은 손님
어서 가라고 울고
먼 산 처다본다.

까망이 싫어서
그렇게 슬피 우는데
까만 나만 보면
제 죽듯이 야단이다

담배꽁초

창문 열어
자기가 열면 되지
지금 내가 어떻게 열어
애를 재우고 있는데
그럼 운전대 놓아

창 열리자마자
획 던져지는 담배꽁초
고작 쓰레기 버리려고
문 열라고 한 거야
그 소리를
아내에게 듣자마자
옆 차 아저씨
창문 열고 달려들더니

잘 한다 나쁜 인간
예쁜 마누라 태우고
담배꽁초나 버리고

망각

집 앞 버스정류장
아내가 헐레벌떡 뛰어 온다
휴대폰 가지고 가야지
그때서야 주머니만지며
웃었다

머리 긁고 버스에 타자
교통카드에 잔액이 없다
기사에게 또 대머리 숙이고
오천 원 지폐 통에 넣으며
받은 동전 한 움큼

주머니에 넣다가
버스가 갑자기 요동쳐서
천지사방 흩어진 동전
출근길의 망각
예측불허

주머니가 무거워
지하철매표소에서 지폐로
바꾸려고 작정했었지만
강의실 복도 자판기 앞에서

또다시 만져지는
한 움큼의 동전

이미
망각의 전쟁은
시작되었다

무소유

대문 없는 시골집
닫아걸고 살지 않았다
아무나 자유자재로
드나들던 싸리문

밤늦도록 쏘다니다가
아버지에게 들키지 않게
몰래 들어오기가
좋았다

들어오고 싶으면
마음대로 들어오고,
나가고 싶으면 나가는
공동소유의 정이
있었다

오고가는 사람들이
제멋대로 쉬어가고
물 한바가지 마시면
훌쩍 소리 없이
떠났다

무소유의 정신이
공동체의 개념이
넘쳤다

그렇게 편하게
사람 사는 것같이
살았다

그러나 지금은—

문학

쓴다는 것은
읽는 즐거움 때문에
해석의 자유스러움
성실함을 존중하는
훈련까지도

담론 형이상하학
애매모호한 생각들
풀 수 없는 삶의 명제
위대한 우주법칙의
인식이다

뿐만이 아니다.
내 존재의 뿌리를
늘 알게 한다

미니스커트

주례사主禮辭
미니스커트
짧을수록 좋다고
축하객들이
남성들이

자로 재던 시절
끌어내리던 시절
미추美醜모르던 시절
버티고 살아남아

오늘도 활보하는
짧고 굵은 다리
알밴 고등어다리
드러내고

대중 속에서
살고 숨쉬는
짧은 치마

미美의 추구인가
적선을 위함인가
당신의 자랑인가

새둥지 나오치오 鳥巢

은은한 붉은 색
궈자티위창體育館베이징
환호와 탄성의 소리
우리의 치마저고리

아리랑 부채춤
장구를 치는 연변한인
우리의 민족
두만강을 부르고

민족 갈등 대립을
접어 두고 화합의 노래로
세계를 향한 노래로
광창廣唱한다

베이징 올림픽에서
하나의 꿈을
하나의 세계를

6-2. 풍차

풍차

돌지 않는
돌아가지 못한 풍차
풍요의 낭비가—
네덜란드도

돈키호테
폼만 잡는 마스코트
관광 얼굴마담
구경꾼들의 향수병
치료 풍차

화석연료가 뺏은 자리
슬그머니 밀고
발 벗고 나선다
에너지 만들어
준다고

세상이 빠르게
과거에서 현재로
현재에서 과거로
시도 때도 없이
오고 간다

인간의 낭비벽
때문에

버리고 싶은 것들

꼴 보기 싫은 것
있으나 마나한 것
가져도 없는 것만 못한 것
세상엔 보기
싫은 것이 많다

흉물처럼 부뚜막 지키는
살림살이 질그릇들
집 떠난 임의 흔적
봉당에 버려진
빗자루도

아까워서
보고 싶어서
버릴 곳이 없어서
그냥 두고 하루 종일
버릴 생각하다가
서럽고 아까워서
다음날도 못 버린다

그게 사는 것이어서—

보리농사

멀지않은 시절
가을 추수 후엔
논밭에 보리를 많이
심었다

춘궁기를 위해서
먹을거리를 위해서

보리가 익자마자
서둘러 타작하고
설익은 것을
먹었다

먹고사는 것이
넉넉한 지금
그때 그 시절

추억의 꽁보리밥
웰빙 음식으로
먹는 군상群像을 보고
느껴지는

격세지감隔世之感

세 가지 거짓말

빨리 죽어야지
안 남는다는 말
시집안가

할머니
장사꾼
처녀

다른 사람들은
거짓말 안하고
산다는 것도

새빨간
거짓말

세상은 바뀌는데

청산에 나 홀로
청청하리라 믿었던 시절
젊은 날의 꿈이었지
초상이었고
희망이었지

하지만
지금도
변하지 못하는
우자愚者의 삶

미물인 가재도
변하려고 허물 벗는데
독야청청할 수는
없는 일

말은 청산유수지만
어제오늘 같은 모양새로
우세 떨며 산다
변화하지 않고-

세월은 거꾸로 가지 않는데

경로석 안경 쓴 노인장
피스톨 눈으로 쳐다보아서
똑같이 응시 한다
더 잘 났나 내기하기

당신보다야 아직은 젊지
도수 높은 안경을 썼으면서
동병상련의 저항인가
인고의 세월에 대한 비애인가

나에게도 늙은 냄새가 날까
노인이면서 늙은이가 싫다
경로석에 앉은 것이 잘못이다
오만의 극치
민들레겨자씨로 보여서다
티끌들보의 차이를 몰라서다

부정과 긍정의 시각교차
늙으면 어린애처럼 되어서
어제도 오늘도 그리고 내일도

학발의 끗발재기
허욕의 눈싸움이 끝없다

아내의 해외관광

하고 싶은 것
모두 하고 사나
언제 가 봤는데
보는 것 보여주는 것
티브이가 원수다

한국도 아름다운 곳
좋은 곳 많다고 말해
죽지 않을 만치 혼났다

돈이 없어 서지
시간이 없어 서지
여유가 없어 서지
말마다 할 말이 없다

그저 잘못 했다는
말 밖에

오렌지 쇼우 윈도우

약삭빠른 장사꾼 상술
철지난 상품을 파는 집
노란색이 없어서 먹지 못하지만
고르고 또 고른다

새콤달콤함이 없는 오렌지
빨강 파랑 검정 때문에
모자 넥타이 구두 때문에

무색을 고르는 뚱보아줌마
무게를 달지 않는다고
욕심을 노란바구니에 담는다

어느새 닮아버린 여보당신
대머리 몸통 발바닥에
억지로 비틀어 대어보더니
싫다는 데 고운 눈 흘기며
어울린다고 박수를 친다

철지난 오렌지를 몸에 바르고
포플러나무 길 전철역으로
오늘도 금의야행錦衣夜行한다.

알아줄 인간 없는지 살피면서

베이징 올림픽

백년이나 준비했다

십삼억의 인구로
막강한 힘으로
최대 최고로 최강으로
거창한 모토를 앞세우는
위용

기죽을 것 없다
두려울 것 없다
하면 된다
대한의 건각들

울리자 승전고를
멀리 빠르게 더 높이
해내자

민족의 숭고한 정신으로
조국의 영광을 위해여
세계의 번영을 위하여
대한의 당찬 기개로
전진하자

조밥

밥의 종류가 아닌 조밥
자기 성에 접두어로
붙여진 말

눈만 뜨면 먹을 궁리냐
삼복더위에 때마다
한끼 한술
굶으면 안 되나

죽어도 못 굶어
비지땀 흐리며
차려줘야 하는 밥상
홀로 차려 먹어
지겨워

안되지 안 되고말고
남여 업무분장이 있어
남존여비 사상도 있고
온종일 그 소리에 취해서
소 닭 보듯 하고
서로 말도 안했다

교회에 갈 때까지—

6-3. 젊은 날의 초상

젊은 날의 초상

내가 닮았는지
그가 나를 닮았는지
사람들은 놀렸다

제임스 딘이라고
생각해보면
가당치않은 이야기
자만을 보고
독선을 보고
놀렸던 그 말

겨울이 가고
봄여름이 가고
다시 겨울이 오기를
여러 차례 거친 후에
내 젊은 날의 오만과
자만이 있었음을
생각한다.

성하盛夏의 계절
강가의 회색노을을
바라보면서

차상차하次上次下

관악산자락
사철마다 아름답다
산 없는 마을보다
차하의 기온

선풍기가 필요 없고
겨울엔 차상의 추위

여름가을겨울
늘 두꺼운 옷
여름에 긴 바지 입은
나보고 어디 아픈지
사람들은 웃고

늘 춥다는 소리에
그래 까마귀가
얼어 죽었어

아내의 비웃는 말
들을 때마다
옷깃을 여민다

친절의 비애

멀리서 뛰어오는
젊은 미모 여인 때문에
출발 직전 엘리베이터
정지버튼 누르고
기다린다

무슨 사연인지
갑자기 느린 걸음으로
안으로 들어와
쳐다보지도 않고
숫자 하나에 점찍고

고맙다는 말은커녕
휭 하니 내리더니
겉치레 인사도 없이
바람처럼 사라진다

어제 오늘이 똑같다
언제 보겠냐고

태리강희할매의 하루

다람쥐 쳇바퀴 돌듯이
거실로 주방으로
올망졸망 화분 곁 베란다로
움직여 봐자 오십보백보지만
하루 종일 움직인다

쓸고 닦는 생명체 속에서
손녀보고 싶은 거동을 보고
빨강 자주색 꽃의 미학을 보게 되고
꼬까옷에 학발鶴髮 묻을까봐
토끼이빨로 씹는 소리 듣고 싶어서
다람쥐처럼 쳇바퀴 도는 사연을 본다

어지럽다고 할배가 소리 지르면
손녀 안 보고 싶어
애들 볼 꽃에 물주는 것이 싫어
굶겨서 보내야 좋겠냐고
왕잠자리 눈을 뜬다

지난날 어머니의 어머니가
손자에게 했던 손놀림을
방구석 여기저기서 볼 때마다
귀천歸天 조모 생각이 난다

사진 찍는 사나이

바바리 휘날리며
캐넌 카메라 메고
설쳐댔다

지키는 사람 달려와
나가 달라고 한다
조심스럽게

왜 나가야 하는데
고집피우고
정성스레 담은 피사체
아무것도 없는
공 필름

찍느라고 인상 쓰고
허세까지 부렸다
외투자락 날리며
딸 학위수여
식장에서

무얼 얻었지
고집인가—

피서바캉스

여름철 휴가
떠난다고 하면
생각나는 것들

빨리 빼지 못해
저 자식 좀 봐
그래 어디 해보자
좌충우돌하는
자동차전쟁지옥

없는 데요
있는 데요
자기 입맛에 맞는
것만 있다더니
바가지요금

수박껍질
담배꽁초 콜라병
일회용 소독저
먹다 만 자장면그릇
발에 걸리는
쓰레기들

작년도 똑같고
올해도 똑같고
내년도 똑같을
쓰레기 바가지
전쟁

하모니

왜 그렇게
노래 못해
죽여 사정없이
목소리를

너도 죽여
죽이고 죽여야
함께 사는
소리꾼의 세계

꾀꼬리소리
돼지소리
피아노소리
나팔소리

상부상조가
상생相生이다

할머니의 지독한 사랑

안 돼요 죽어요
진통제가 안 된다면서
그럼 퍼 먹여야지
수면제라도

글쎄 안돼요
암환자에게 수면제는
그럼 뭘 먹여야지
시골 백발 할머니가
남편 앞에서 퍼 대는 말

수면제가 뭔지 아세요
뭐긴 다리 아픈데 먹는 약이지
어처구니가 없는 간호사
우는 듯 웃는 듯
창 너머 저편 언덕의
푸른 묘지만 바라보고
서 있다

홈런

치고 달리는
히트 앤 런
방망이 휘두르고
볼넷 맞고도
흥분하고 소리 지른다

던져라
먹어라
아옹다옹
도망치면 막고
눈과 발
부릅뜨고 움직인다

어쩌다가
만루 홈런 치면
소주병 콜라병
마시고 던진다

사는 게
별거냐고

장발

블루진 멋지게 입은 몸
통기타 치던 손으로
생맥주 마시고
살던 시절

가위들고 싹둑
긴 머리카락 잘려서
쥐 파먹은 몰골에
웃던 시절

별들의 고향
아침이슬
보고 부르고
저항한 시절

그래도
먹는 문제만은
걱정 없이 확실하게
해결한 시절

백발이 성성한데
왜 그 시절 그때가
그리워지는지
무엇 때문에

7. 꽃 계절花季시

7-1. 그곳에 핀 들꽃

그곳에 핀 들꽃

생각만 해도 아름다운 너
생각하면 할수록 미쁘다
무엇이 그곳에 그처럼
피게 하는지

밝게 웃는 모습
고혹의 자태를 보고도
웃지 못한다
사람들은 왜
봄여름 웃고 그 자리에
서 있지만

마감의 겨울이 와도
아름다운 흔적 만들고
지켜보고 있다
가슴속에

사람들의 삶을—

가랑잎

떨어지고
휘날리는 것
당신의 몸
낙엽

그리 서러워
노랗게 빨갛게
제 몸 불사르고
떨어내는지
제 새끼들을
그렇게

철새 어서 서두르라고
다람쥐 놀다가라고
알 벌레 집지으라고
제 몸 떨군다

이름 모를 묘지위에도
기도하는 천심의
머리위에도

갈대

혼들리는 것은
촛불만이 아니다
버드 나뭇가지만이 아니다

혼들리는 갈대
바람 따라
세월 따라
흔들리고 흔들며 지켜낸다
인고의 세월을

늪지에서
산마루에서
무명용사의 묘지위에서
흔들리며
슬픈 소리 낸다

갈팡질팡하더라도
사랑해 달라고

꽃을 든 남자

저처럼
아름다울 수가 없다
꽃을 들고 있는 그 마음이
마음속에 가득한 설렘이
꽃을 닮았다

붉은 와이셔츠가
하얀 넥타이가
흰 꽃잎에 가려
더 희게 보이는
백합을 든 남자

그 마음속에
불같은 사랑이 녹아 있다
피 끓는 청춘이 요동친다
힘찬 역동성이 보인다
미래의 희망이 보인다

장미를 든 남자
국화를 든 남자
세계를 든 남자

낙화

떨어지면서
서러워하지도 않고
뒤돌아보지도 않고
예쁘고 미쁘게 휘날리며
떨어진다 아래로

마지막 가는 길
지 서럽고 서러워도
아름답게 가려고
우아하게 가려고

눈물 흘리지 아니하고
이별의 노래 부르지 않고
미련 없이 떨어진다

사람들 죽었다 깨어나도
흉내 내지 못하는 것
홀연히 마감하는 것

눈꽃모자

졸고 있는
가로등 아래로
하얀 꽃잎이 휘날린다

지나가는 나그네 머리위로
빨강머플러 휘날리며 지나가는
소녀의 반달 머리위에도

금방
새 이불을 덮은 산하는
더 깊은 잠을 잔다
봄이 오면 깨우라고

아주 조금 뒤에
심술바람 그냥 두고
못 보겠다고 실눈 뜨더니
휘휘감고 벗겨간다

소녀의
하얀 모자를

담쟁이덩굴

내려갈 줄 모르고
오르기만 한다
세멘 땅이 좋아서인가
하늘이 좋아서인가

창가에 서 있는 소녀
사랑하고 싶어서
녹색 잎으로 치장하고
턱밑 아래서
손 흔든다

화려하게
치장할 줄도 모르고
가냘픈 새끼줄에
자식들 줄줄이 달고
떨어질까 맘 졸이며
새끼손 내민다

소녀에게―

매 발톱 꽃

정말로 닮아서인가
신선이 사는 곳에 살아서인가
왜 하필 매 발톱이란
이름을 붙였을까

자주색 꽃
파랑색과 형제라서인지
무척이나 호화롭고
곱디곱다

지구 돌아가는 소리
목탁소리가 들리는 곳
미시령 백담사 용대리
노르웨이 하얀 길 언덕에도
빙하의 폭포소리 들으며
피어 있는 꽃

보고 싶으면
신선되어 찾아가야 하는
그곳에 피어 있는 너
이름만 들어도 미쁘다

꽁보리밥

꽁보리밥 만들기
어머니에겐
제일 큰일이었다
예전엔

큰항아리에
보리쌀 담아 이고
가냘픈 몸 휘청거리며
우물로 간다

치대고 치대어서
헹구고 헹구어서
갔던 길 되돌아
이고 온다

검은 가마솥에 넣고
푹 삶아내는 동안
어머니도 삶아진 녹초
보리가 된다

대소쿠리에 담아
장독위에 올려놓으면

암탉이 헤집고
새들이 날아들어
먹었다.

텃새와 들새
똑같이 먹고 살던
어머니꽁보리밥

지금은 간데없고
나 홀로 산소자리에
서있다

첫사랑

가슴이 설레는 것
세월가도 잊지 못하는 정
당신에게도 있는 일
첫사랑

민들레꽃
머리에 꽂아주고
크로버 꽃반지 꼬옥 끼고
은행잎 두개로 신랑각시 되어
책갈피에 들어가던 시절

청 보리 밭
멍멍이와 뛰어 놀고
포프라 가로수길 따라
자전거 타고 사랑 노래하던
그 시절

그립고 또 그리워
잊지 못하는 젊은 날의
달콤한 첫사랑
바람에 실어
언덕 넘어 그대에게

편지 한 장
띄운다

사랑했었다고

7-2. 민들레

민들레
목련
목련꽃
바나나 꽃
산딸기나무
상사화
장맛비
찔레꽃
목이 긴 장화
찬바람

민들레

척박한 산비탈
담장 밑 세멘바닥 틈에서
천진난만하게 웃는
너를 본다

세상이 마음에 안 들어도
무심을 담아 곱게 핀다
웃으면서

매연 몰고 오는
난폭한 유랑인 자동차
배설물 옷에 칠해도
술 취한 나그네 행동도
모른 체하고 핀다

페인트칠하다가
남겨주는 작은 방에
고마워하며 핀다
노랑꽃을

새끼에게 서러워 말고
잘 살라고 바람에 실어
두둥실 멀리 장가보낸다
시집보낸다
웃으면서

목련

부스스 계절을 깨우고
아름다운 자태를 뽐낸다

해맑은 웃음소리가
아름다운 새들이
나비가 현무하며
들리고 날아든다
꽃잎에

길 따라
오고가다 보면
떨어지는 낙화조차
밟을까봐 돌아가는
여심을 본다
너무 고와서

텃새 제 몸 흔들어
그 위에 하얀 꽃잎
하나 날려 준다
서러운 마음을
모르고–

목련꽃

피고 지는 것은 꽃이지만
낙화가 하얀 눈물이라
정든 이별의 아픔이라
미美의 극치이고

외로운 나그네도
밟고 지나치다가
지 홀로 서럽고 서러워
하늘을 쳐다본다

떨어지는 목련을
생의 종착점으로
저렇게 우아하게
서러워하지 말고

홀연히 가고 싶을 때
미련 없이 저렇게
갈 수 있을까

생각해 본다
순백의 낙화를
바라보면서—

바나나 꽃

먹기만 한다
꽃이 어떻게 생겼는지
아름다운지
향기가 있는지
본 적이 없다

누가 부친 이름일까
무사無邪로도 이국적이다
토종이 아니다
냄새까지도

곧게 뻗은 나무
꼭대기에 꽃 피어서
보아주는 사람 없다
먹기만 하고

꽃은 보지 않고
열매만 많으면 된다는
인간들에게 보시만 한다
사랑해주지도 않는데–

산딸기나무

가시가 있다
찌르기 위해서가 아닌
독사가 겁나게 하려고
가려서 좋은 사람 오라고

빨간 열매들
익어 가면 향기 뿌린다
온천지를
나비 날아오라고
미동 찾아오라고

산허리에서
뫼 꽃 친구와 함께
흔들림 없이 중심 지키고
향기 몸짓보시普施한다
나비에게
사람들에게

상사화

지나가다 뒤돌아
다시 보게 하는 그대
아파트 작은 정원에서
웃고 있다 뭘
그렇게 보냐고

부끄러워 덩달아 웃는데
쳐다본들 아니 본들
어떠냐고 또
배시시 웃는다

무거운 귀갓길에
다시 보고 뒤돌아봐도
그대는 언제나
활짝 웃고 있다

동네 사람들을 위해
나그네를 위해
나를 위해

장맛비

짧은 치마
더 걷어 올리게 하더니
아주 적셔버린다
세찬 빗줄기가
세멘 바닥도

우산은 바람에 날려간다
가방으로 파마머리
화장 얼굴 가린다
신발은 벗어들고

빨리 타세요
정거장도 아닌데
버스가 서준다
애처로워서

차에 오르고 보니
행색이 똑같다
물먹은 생쥐된 것이-

찔레꽃

생각난다 옛 임이
창 너머 저 언덕 멀리
아름다운 꽃이 피면
만나자던 그 약속
사랑노래를

지금은 어디서
무엇을 하고 있는지
아름 따던 꽃은 피는데
세월은 가는데
소식도 없고

찔레꽃 앞에 서서
오늘도 임 그리워
웁니다

서럽게
서럽게

목이 긴 장화

귀천했다
살인 더위가
기승을 부리던 날
이순노인이
콩밭고랑에서

빨강색이 벗겨진 경운기
검은색 목이 긴 장화
돼지 새끼
도회지로 떠난 자식들
남겨두고

서러워 서러워서
눈물 아니 흘리고
불볕에 가슴을 태우더니

콩잎사귀로
다시 태어나려는지
홀연히
오두막집을 비웠다

찬바람

기승을 부리는 무더위
뜨거운 전기를 먹고
에어컨은 배설물을
토해낸다

잠방이 입은 노인
비대한 몸집의 여인
우유를 먹는 아이
부채로 부치고
선풍기를 틀고
얼음과자 달라고
제 각각이다

와중渦中에 날렵한 텃새
어디서 바람처럼
날아왔는지
날개 짓으로
찬바람 내고

더위 몰고
홀연히 사라진다
제諸들
시원하라고

7-3. 은행나무

은행나무
강아지 풀
비 내리는 밤
알밤
고목
요정국수
할미꽃 연가
외할머니
순한 샘물
수다 꽃

은행나무

아름답게 서 있는 너
강가 제방 둑 숲길에
도도하다 못해
신비롭다

은은한 향기
청아淸雅의 푸름으로
노란금빛으로 누굴 위해
기다리고 서 있는가
지치지도 않고

길손이 그리워
떠난 임이 그리워
그리도 청청靑靑하게
서 있는가

작은 새 날아들면
말동무 해주려고
오빠 따라 멀리 간 순이
기다리는지

오늘도 그렇게—

강아지 풀

초록색 꽃
가늘고 긴 몸
강아지 꼬리를 닮은 너
누가 예쁜 이름을 주었는가

네 몸을 손등에 놓으면
살금살금 기어 다닌다
간지럽다고 손 털면
추락한다 아래로
웃으면서

아프게 한 것 미안해
다시 집어 들면
똑같이 움직인다
품속에 안기려고
사랑해 달라고

그때서야 뒤늦게
온몸으로 사랑하고 있음을
꼬리가 몸에 흔적임을 알고
마음이 아파오는 것은
무슨 연유일까—

비 내리는 밤

비 내리는 밤이 되면
외로운 전봇대도 흠신 젖고
정처 없는 나그네도
길 잃은 작은 새도
가슴 적신다

어디에 있는지 그리운 임은
비 뿌리는 칠흑 속에서
헤매어 찾는 아픔이
비수로 꽂힌다

슬퍼도 울지 못하는 사연을
작은 둥지 떠나지 못하는 이유를
흠뻑 젖어서야 안다

비 내리는 밤
깊은 어둠 속에서
제 홀로인 것을

알밤

알차다는 것
옹골지다는 것
가슴을 벅차게 한다

알밤알곡
도토리 알
속이 차있다
실속이 있다

사람들에게도
다람쥐들에게도
할머니의 보물창고에도

껍데기는 가라
가짜는 모두 가라
아무리 외쳐대도
당신은 늘 진짜
알곡알밤인 것을―

고목

나이가 들면
주름이 생긴다
사람에겐
나이테가 생긴다
나무에겐

잔주름
나이테
무엇이 다를까
똑같은 늙음이라면

볼 때마다
오만함과 늠름함이
가벼움과 무거움이
잔소리와 침묵이
추함과 수려함의
차이를 본다

인간과 고목에서

요정국수

콩국수도
호밀국수도 아닌
국수사리가 줄줄 나오는
이상한 나라의
요정 같은 국수

맞고서 정신 차려 줄서고
무쇠 칼의 묘기에서
장인의 손가락 끝에서
몸 만들지만

쇠칼 싫어 제 홀로
긴 줄사다리 만들고
노란 물로 유혹한다
특별한 것 좋아하는
인간들을 위해
더 사랑하라고

할미꽃 연가

사진 빨리 찍어
묘지 위에 줄지어 앉은
까까머리 학동學童들
까르르 웃으며 재촉한다
할미꽃 보이게
찍으라고

말 끝나기도 전에
할머니처럼 보여서
난 안 찍어
줄에서 툭 튀어 나온다
그래 빠져
할망구야

이름 없는 묘지에
핀 것도 서러운데
구부정한 허리로
조건 없는 반쪽 사랑도
자존심 상하는데

사진까지
못 찍겠다는 말에
빨간꽃 더 빨개진다
부끄러워서

외할머니

콜럼부스의 달걀
시골 외가댁 달걀
똑같지 않다
모양도 색깔도
그 의미도

어린 시절
시장 끼 면하려고
날계란 먹던 시절
닭장에 손 넣으면서
빙긋이 웃는다
외할머니가

따듯하다
어서 먹어
이빨에 톡 소리가
나게 부딪치고
깨어서 준다

백발이 성성한데
그 시절이 그리운 것은
아마도 외조모의 사뜻한
정이 생각나서가
아닌지

순한 샘물

진리가 담긴 것
진실이 있는 것
정직함이 살아 있는 것
성경에 모두 있다
읽고 읽어보아도
거짓인 것

허구인 것
읽으면 읽을수록
사악한 마음만 키우는 것
사탄처럼

진솔한 사람
청순한 사람
늘 순한 샘물처럼
갈증을 풀어준다
신선하게
새롭게

하나님처럼 —

수다 꽃

밥 먹고 가지
설거지도 하고
잡소리하다 놀고 가
친교가 별것인가

모이는 것에
시시하고 소소한 것에
거기에 진리가
숨은 뜻이

거창한 것에
있지 않다
휑하니 오가는 사람들
큰 것에 목을
걸지만—

아름다운교회는
모여서 수다 꽃
피우는 교회

8. 산과 강山水시

8-1. 강가에 서서

강가에 서서

생각나는 것은
어린 시절 피라미 잡던 일
어쩌다 잡히면
제 아니 놓아주고

검정고무신에
물 곳집 만들어
살기를 바라던
소원의 그 시절

이제는
피라미 간데도 없고
친구도 간데없다

생각나는 것은
떠내려간 외고무신으로
심상心想을 만들고
떠난 벗 그리며

오늘도 강가에
훌쩍 나와 제 홀로
서성거린다

가을의 기쁨

생각나는 것은
떠난 임도 아니고
귀천한 친구도 아니다
알게 되는 것은

계절의 변화
성하盛夏가 가면
오는 것

시인은 만추를 노래하고
센티멘털한 여인은
어디로인지 떠나가고
싶은 마음이겠지만

가을하면
소중한 것은
땀 흘린 농부의 수고에 대한
수확의 기쁨이다

감사하며 알곡을
거둬드리는

갈매기

파도를 안고 산다
세상이 넓건만
대지가 있건만

벼랑끝 바위에
신혼을 차리고
사랑을 나눈다

유람선 지나가면
함께 가고 싶어서
그 위에 나른다
신랑각시가

만선 고깃배 보면
어서 알리려고
까옥 소리 크게
지르고 앞장선다

파도가 몰아쳐도
세찬바람이 불어도
서로 사랑하며 산다
인간보다도 더
알차게

괭이 갈매기

붉은 립스틱을 바른 입술
초롱초롱한 눈망울
하얀 깃털이 아름답다
세상 것들 중에서

꽁치 알 토해 먹이고
작은 해초 먹여서 키운다
사람들보다도 더 귀하게
자식을

새끼 나온 껍질
멀리 갖다버린다
누가 될까봐 새끼에게
자식 버리는
사람들도 많은데

부지런히 날고
열심히 새끼 키운다
제 자식 모르는 사람들
배우라고

귀여운 가젤

공주처럼 우아하게
예쁘게 걸어
엄마가 가르친다
새끼가젤에게

무서워 저기
갈대 흔들리는 것이
사는 것이 늘 그래
걱정 말고
시키는 대로 해

안아준다고
같이 놀자고
엄마 찾아준다는 말
믿으면 못써

고기 먹는 자
풀 먹는 자
십촌도 넘는 남이야
이빨도 눈도 귀도
틀리고

아기가젤
귀 쫑긋하더니
꼬리 흔든다

그런 것 같다고

까치집

잎사귀 사이로
둥글고 까만 달이 보인다

기둥에 매달려
흔들린다 바람이 불면
놀랜 새끼 노란 입 벌린다
밥 달라고

언제 제 알았는지
피라미 물고 와
모로 세로 똑같이 잘라
새끼 밥 준다

노을이 지면
까만 달 날개로 덮는다
새끼들이 추울까봐
어서 크라고
큰집에 시집보낸다고—

꽃밭에 물주기

그저 그런 일들이
하는 짓거리가
일상日常이지
사는 게 별거냐

특별한 것만 찾고
살게

우유 먹이는 일도
세탁기 돌리는 일도
작업모 쓰는 것도
벽에 못질 하는 것도
각시신랑 사랑싸움도

나날이지
꽃밭에
물주는 일도

남한강이여

도도하게 흐른다.
오늘도
이 시각에도
유구한 역사와 함께
민족의 웅지와 함께

찬란하게 빛나라
더 높은 이상의 날개를 펴라
더 멀리 넓은 대지를 품으라
그대가 할 수 있는 한
숨 쉬고 살아있는 한

황금처럼 찬란 하라
백학처럼 비상 하라
그대를 위하여
번영을 위하여
영광을 위하여

민족의 영원무궁을 위해
불사조처럼-

눈 내린 정원

하얀 눈이
어둠의 밤을 착색한다
밝음이 더 좋다고
어둠이 사라지면

눈 내린 골목은
개구쟁이들의 낙원
일터로 가는 당신도
봉당으로 나서며
눈님이 많이 왔어요.
하더니 웃는다

행복한 엄마의 웃음소리에
꼬까옷 입은 나뭇가지 위
작은 새가 깃털로
눈 휘날리며 춥다고
엄마 찾는다

착각

행사장으로 가는 길
미뿐 옷으로 치장하고
신림동 대학촌 길 거드름피고
활보하는데

어차 지화자
책가방 들은 아가씨들
작은 소리로 웃고 쳐다보며 지나가고
붉은 양산에 연지 바른 아름다운 여인도
쳐다보듯 말듯 곁눈질하고
홀뿌리며 지나친다

내가 정말로
잘나긴 잘난 모양이지
이 나이에도
거만이 하늘을 치솟아
맥아더안경을 고쳐 쓰고
검은 가죽구두에 힘이 붙는다
맘껏 훔쳐들 보고 웃으라고

여시여시할 즈음에
내 어깨를 툭 치는 학발옹鶴髮翁

이봐요 나이든 양반
카作지퍼zipper 열렸어
그 소리에 지금까지의 생각은
자유
내리고 올릴 줄 모르는
미몽인迷夢人의 망상

————————————————

* 2009.8.13(오케스트라와 시낭송회 날 아침)

8-2. 본향本鄕으로 회귀

본향本鄕으로 회귀
록키산
매미
미어캣meerkat
봄비가 내리면
비 개인 오후
비오는 날의 천마산
산에 오르다
새들이 지저귄다
수선화

본향本鄕으로 회귀

원래 살던 곳
봉숭아 꽃 피고
새 우는 곳
그곳은 본향

어머니가 살던 곳
아버지가 삶을 노래했던
그곳으로
갈까나

아버지가 귀천한 곳
어머니의 아버지
그 아버지의 어머니가
지금도 사는 곳
우리의 본향

떠다니는 부평초
갈 곳 없어 머무는 곳
갈까 가야지 그곳으로
내가 쉴 그 곳으로
어머니가 잠들고
아버지가 부르는 곳

그곳으로 이제
갈까나

희로애락喜怒哀樂
모두 두고서

록키산

높디높은 산
눈 덮힌 그곳
스키어들이 선을 그으며
아래로 아래로
질주한다

등산복차림
이방인처럼 서 있는데
누가 어깨를 툭친다
자네가 여기는
왜

그 옆
아름다운 여인이 스키를
어깨에 메고 서 있다
딸처럼 보이는

여름휴가 왔어 애인하고
사는 방법이 많다는
것을 알았다

여름을 겨울로
겨울을 봄으로

아내 바꾸는 일도―

매미

장맛비가 그치고 나면
죽어라고 울어댄다
왜 그리도 슬퍼 우는지
떠난 임 그리워서인가
어미의 정 때문인가

그리움이 서러움 되면
서러운 일이 저만이 아니거늘
어쩌자고 너만이 홀로
그렇게 울어대나

잊어버리자면서도
잊지 못하겠다고
온몸으로 날개를 떤다
날지 않고
오늘도

정자 나뭇가지에 매달려
하늘보지 않고 눈감은 채
죽어라고 운다

무엇이 그리도
서러운지─

미어캣 meerkat

칼라하리 가시밭
목에 무거운 전자 칩을 달고
이동경로 시는 몸짓을
인간에게 보고한다

겨우 고작
삼십 센티의 키
세우고 세우며 일어서서
속세를 살핀다

전자파로 목이 부었지만
독수리 자칼 뱀
인간이 무서워서
집짓고 허문다

제 달고 싫어 죽을망정
업보를 자식에게
물려 줄 수 없어서
의심의 눈초리를
바람에 날린다

사랑하는 내 아들아
너는 제발 나처럼
살지 말라고

봄비가 내리면

생각난다
어린 시절
검정우산이 없어서
둘이 쓰고 가던
짝과 함께 가던
솔 언덕 넘어 고갯마루를
봄비 나리는 날이면

세월이 가고
도시는 번영으로
힘차게 치닫지만
그 시절이 그리운 것은
짝이 그리워서인가
솔 향이 그리워서인가

봄비가 내리는 날이면
연어처럼 회귀한다
추억 속으로

비 개인 오후

비가 내리고 나면
선이 사선을 능선을
그린다
아름답게

멀리 철길 보이고
천마산의 도도함이
물안개 만들어
하늘로 오른다

녹색장원 사이로
사람들 나비처럼 걷고
비에 젖은 새가
날개를 턴다

용심부리는
빨간 기차도
큰소리 내며 멈춘다
어서 타라고

예쁜이
시집간 새댁
할머니 모두

비오는 날의 천마산

창가로 멀리 보이는
유구한 태고의 산
빗속의 희미한 실선
아래로 새끼줄 선이
명암을 그리며
푸른 초장을
녹색 장원을
자랑한다

빗방울 유리창
부딪쳐 흘러내리고
떨어지는 낙수소리가
귀청 때린다

어서 일어나
멀리 바라보라
새들이 나는 이유를
물소리 빗소리
산하의 아름다운 모습을
바라보라

천마산의
도도함도
창연함도

산에 오르다

오르다 보면
저기 보이는 곳
소나무가 서 있는 곳
들꽃이 있다

청개구리가 헐떡이며
숨을 몰아쉬는 것이
위로 올라가는 것이
보인다
거짓말처럼

어 허
저 미물이
나보다 먼저
오르고 있는데
무엇을 하고 있나
나는

인생은 그런 것
처지고 먼저가고
그래서 오르고
또 오른다
기를 쓰고

새들이 지저귄다

여기저기서
비가 오고 난 후
맑은 햇살이 퍼지면
노래한다
새들이

사람들도
우산에 슬픔을 접어
벽장 안에 넣는다
새로움을 위해

새들만 그런 것
사람만 그런 것
아니다

역동의 날갯짓하는
호랑나비는 높이 나르고
더 아름답게 춤춘다
비갠 오후
모두가
알찬 삶을 위해

수선화

청아한 모습
제자랑에 취해
사랑 모르는 바보

눈물짓고 울고불고
유혹한 에코
헤라 여신 노여움 사
반벙어리 되고

사랑 모르는
나르키소스
한 송이 꽃 되어
슬픈 노래로
그대 부르네

8-3. 숲길

숲길

숲이 있어 새가 울고
숲이 있어 길이 있다
새가 우는 길
그 곳에
가고 싶다

빨래터로
순이와 멍멍이가 걷던 길
어쩌다 슬며시 따르면
먼저 알고 눈 흘기고
야단치던 길

지금은
그 시절을 잊은 듯
잡초만 무성한 채
가지도 찾지도
않는 길

순이와 멍멍이는
온데간데없고
이름 모를 잡초만
무성한 길

아무도 찾지 않는
숲길

작은 새

파란 창공을
나르며 노래하다
사랑해 달라고
누구든지

떠난 임 그리는
그대에게 사랑가 부르며
창가에서 지저귄다

슬픔은 그대에게만
있는 것이 아니라는 것
비바람이 세차게 부는 날
눈보라 휘몰아치는 밤이
있다는 것을

살다 보면
잊을 날이 있다는 것을
웃으며 살라고
작설雀舌 입으로 지저귄다
참고 살라고

세월

바람이 불면
바람이 부는 대로
더우면 더운 대로
그렇게 사시구려

세상은 원래 그런 것
모가 나지 않은 것
흘러가는 대로
흘러가는 것

무엇 때문에
일어나지 않은 일로
걱정을 하는가
그냥 바람 부는 대로
살면 되는 것을

그것이 삶인 것을
그것이 인생인 것을

숨 좀 쉬어야지

아무 것도 하지 않고
볼일 없이 방바닥 뒹굴다가
생각나는 것은
숨 좀 쉬어야지
답답해서

베란다 문 열고
밖을 내다보니 저 아래
아득히 빨간 우산 쓰고
소녀가 지나간다
그때서야 비가 오는 것을
알았다

하늘 닿는 고층 살아서
비 내리는 것도 구분 안 되는
편리함 뒤에 오는 미련함
창밖에 비가 오는 것
심술 바람이 부는지
청개구리가 우는
사연 모른다
창 안에서는

연어의 아름다운 모성

무서운 곰에게 먹히고
큰 바위에 부딪치면서
자기의 고향으로
회귀한다

어린 시절이 그리워
종족의 번식을 위해
굶고 굶다 제살 먹으려고
자기비늘 떨군다

고향에 왔지만
쉬지도 않고
보금자리 만든다
오로지 자식을 위해
사랑노래 부르며
새끼알 낳는다

높은 곳 영원을 위해
모래바닥에 누워
몸을 붉게 태우다가
저녁노을 속으로
아무미련 없이

사라진다

육신은 별것 아니라고
노래하면서

육신은 별것 아니라고
노래하면서

원두막

사과궤짝 엎어놓고
시를 쓰던 시절
이것 해서 밥 먹느냐고
야단맞던 일

그 앞 지나갈 때마다
아버지의 화난
얼굴 생각난다
어머니의 웃는 모습도

이엉蓋草 원두막
양철 지붕에서
세멘 지붕에서
장소가 바뀌었지만
생각나는 것은
밥 먹느냐는 말

귀신같이 예견한
아버지의 말이
지금도
귀청을 사정없이
때린다

오솔길

길이 있었음을
큰 길만이 아니라
작은 숲속 길도
더 걷고 싶어지는 것도
같이 걷고 싶은 날

눈치 없이 걸었던 길
빨간 양산 삽살개도 함께

숲길에 숲이 없다
이제
세멘 벽 자동차 길이어서
걷지 못하는 그 길

장벽에 마주칠 때마다
가슴이 저며 오는 것은
떠난 임 생각나서가 아니라

솔잎냄새가 없어서임을
길 잃은 바람 때문임을
이제야 알았다
비로서

섬

남쪽나라
섬에 가고 싶다
거기에 무엇이 있는지

어린 시절 품었던
희망의 날개를 펼 수
있을지

늘 만나고 싶다
조약돌과 갈매기를
그곳에서

삶의 터전인지
행복의 문이 있는지
천사들의 낙원인지도

가서 보고 싶다
사랑하고 싶다
그곳을 언제나

정동진 역

남쪽바다
서울의 정동 쪽 간이역
가고 싶다 거기에

방랑자로 갈 곳 없으면
사랑 찾아 가보고 싶은 곳
한 가운데로
그곳으로

모여든다 꽃과 나비가
처음도 싫고 끝도 싫어서
중앙의 한 복판을
어제도 가고
오늘도 간다

사랑을 만든다
역사를 만든다
만남과 헤어짐으로

두만강

푸른 물 맥박
민족혼 한민족의 젓줄
웅지가 담긴 삶의 터전
민족번영을 사랑으로
노래했던
두만강

지금도
흐른다 도도히
굽이친다 힘차게
역동한다 민족혼이
그 곳에서

심히 창대 하라
영원무궁 하라
홀로 찬란 하라

조국을 위하여
민족을 위하여
세계를 위하여

오늘도 미래도
그대는

9. 에로스愛시

4-1. 당신은 자유인

당신은 자유인

소원절기도복종을
누가어디무엇에
산강해별달신하나님

자기 스스로
땀 흘려 일한다고
먹고 마신다고
이곳저곳 읍소泣訴하라니

순수자연에서
자수성가집소성대
절대자인 그대에게서
삶 죽음의 생득을

하지만, 하지만
당신과 당신의 아들은
자연인인 것을
자유인인 것을

가로등

홀로 서있다
밤낮없이 임을 그리며
가벼운 듯이 무거운 듯이
잘 가고 어서 오라고
밝게 홀로 서있다

무서움 모르는 고양이
더 잘 다니라고
아버지 기다리는 멍멍이
졸지 말라고
아래 비춘다

서울 간 오빠 오시는 데
길 잃지 말라고
엄마 마실 길 무섭지 않게
홀로 지키고 서있다

이정표가 되어서
소금과 빛이 되어서

그대는 아는가

더운 삼복에
다리미질하는 이유를
바지 티셔츠 다려서
산뜻하게 보내고 싶어서
비지땀 흘리고
다린다

그것 모르는 사람
텔레비전만 보다가
내지르는 소리
옷 다렸으면
가져와

구김살 없는 운동복
입으며 좋아하지만
선풍기 앞에서
일어날 줄을 모른다
아내는

기도하는 여인

신주쿠 전철역
가랑잎 팬티만 입은
젊은 여인이 당당하게
걷고 있다

노출바보
숨기기는 것이
싫고 서러워서 벗었다고
경찰에게 흰 이빨 드러내고
웃는다

죄가 아니라면
나머지도 벗겠다고
얼굴 처다보며
말한다

손가락으로 하늘을
가리키는 단속원
가랑잎 여인 별안간
무릎 꿇고 눈감더니
기도한다

내가 미친 사람이지

출출하여 생각나는 것
먹을 수 있을 때 먹는 거지
건강하다는 이유여

그려
그 소리에 제 자랑이 늘어진다
다 끊었지 동창들 봐라
술 먹는 사람 있나
그 소리에 고무되었는지
그러고 말고 음—
전화 목소리로 듣고 웃자
이내 알아차린다

내가 미쳤지
제 혼자 웃더니
자문자답이다

누구를 닮아가는 아내

정말 멋지게 산
티브이 속의 넋두리 여인
보고 내뱉는
한숨 한탄

사는 것이
영화와 달라
저래서 내가 못살아
옆집도 저렇게 살아

그 소리에
생각나는 것은
추억 속에 살던
젊은 시절 생각

영화배우가 되겠다고
속 썩이던 그 시절의
아버지가 불현듯이
생각난다

얼마나 황당했을까

떠나간 벗이여

씩씩했던 너
용기가 있던 너
굵게 살라고
소주잔 내밀며 말했지

왜 먼저 갔나

짧은 것 긴 것
굵은 것 가는 것
소크라테스로 말하더니
명제들을

피라미 잡던 개울에 가면
물장구 잘 치고 가재 잘 잡던
나의 불호령 선생님
너

지금은 어디서
무얼 하기에 돌아오지
못하나

희망의 빛1

빛이었습니다
사는 동안 함께한 시간들이
당신과 내가

없는 것이 있는 것보다 많고
사는 것이 살지 못하는 것보다
힘들었어도

세상은 머물다 가는 곳
진시황도 클레오파트라도
무명용사가 묘지에서 잠든 것처럼
언젠가는 우리도

의미 있는 알찬 삶을 위해서
한줄기 희망의 빛이 되기 위해서
세상을 밝히는 촛불이 되려고
몸부림쳤어도 소리쳤어도
남은 것은 공허뿐

서럽고 서러워서 울부짖을 때
행복을 찾아나서야 할 때
당신은 오로지 나의

태양이었음을

힘찬 역동의 정열로
희망의 넘치는 빛으로
행복이었음을—

힘찬 역동의 정열로
희망의 넘치는 빛으로
행복이었음을

희망의 빛2

빛이었습니다.
사는 동안 너와 나는

없는 것이 있는 것보다 많고
사는 것이 죽는 것보다
힘들고 서러웠어도
살고 웃고 울면서

희망의 한줄기 빛으로
의미 있게 살려고
새장 속에서 날개를 폈지만
날지 못하는 미물이었음을

흘러버린 세월 속에서
서럽고 서러웠던 일이
많음이 적음보다 더 컸으면
당신에게 한 줄기 빛이었겠지만
내가 어이 알리 그 일을

살날이 더 많음보다
희망이 더 많음보다
벌써 세월은 훌쩍 지나친다

뒤돌아보지 않고

옛것 뒤에 새것이
탄생한다는 이치와 함께

기쁜 일만 하라

조건 없이 주고
가진 것 다 베풀면
사랑으로 주고
사랑으로 받으면
한없이 기쁜 일

정말로 진실로 이르노니
행복한 것은 나눔이다
실천하면

분별력 있게 하라
하나가 되게 하라
실천하라
봉사하라

기쁜 일만
모두를 위해서

ㅁ-ㄹ. 사랑의 노래

사랑의 노래
로맨스 그레이
맞선보는 자리
먼길
못 고치는 버릇
바보들의 삶
사랑하기 때문에
사랑한다 너를
산다는 것은
세월이 약

사랑의 노래

사랑의 찬가를 부르는
노부부의 마음속에도
도랑물에서 뛰어노는
해맑은 아이들의
웃음소리에도
행복은 있다

겨자씨 민들레꽃에도
나노 비트 코스모스
투명유리와 붉은 벽돌
작은 것과 큰 것에
사랑이 있다

커피향기 그윽한 거실
저편동산의 은행나무잎사귀
반짝이는 은빛물결
새들의 노랫소리

똑같이 함께하고
사랑노래 부를 때
사랑과 행복이
거기에 있다.

로맨스 그레이

쥐색은 아름다움이다
사랑의 열매이다
지성의 극치이다

젊다는 것은
용기이고 희망이다
늙음은
젊음의 완숙이다

성숙하지
못한 늙음
죽는 것보다 못한
좌절의 허구다

죽지 못한다는 말도

맞선보는 자리

깨야한다
고사리 통장 적금도
오빠 방 한 칸 얻어주려면
색시 감 사둔 감
앞에서 아들에게
불쑥 내뱉은 말

뭐 그냥 시작할게요
그 말이 참 예쁘다는
생각이 들었지만
그래도 체면이 있는데
아내가 내뱉는다
그것도 그려

뭣인지 허전한 것이
저편에서 다가온다
길에 움막 칠 수는 없지
양가에 큰소리 치고
가만히 생각해 보니
겁이 벌컥 난다

전세 값이 어디
과자 값이어야지

먼 길

가도 가도
끝없는 먼 길

가기위해 서두르지만
한 결 같이 그 자리 같다
먼지만 제 홀로
일고

누가 먼저 지나갔나
아리따운 여인인가
큰 바람 새인가
흙먼지 뒤집어 쓴
빨간 당신차인가

터덜터덜 한발 한발
터럭발 외로운 사내에게
더 멀게 느껴지는 것은
먼 길이 아니라
당신의 마음

못 고치는 버릇

부드러운 얼굴
부드러운 미소
부드러운 말

하루아침에
성모마리아처럼
모나리자미소처럼
꾀꼬리노래처럼

부드러워지는 것이
아니다

세 살에서 여든까지도
못 고치는 버릇
죽어서나 고치게
되는 것

못된 성질

바보들의 삶

나물 먹고 물마시면
되는 것
사는 것

욕심은 욕심을 부른다
좋은 것 먹으려고
오래 살려고
취하려고

건강은 건강할 때
행복은 행복할 때
사랑은 사랑할 때
건강행복사랑에
때가 있다

오늘은 내일의 연장상선
과서는 오늘의 역사
내일을 잘살려면
오늘을 잘 살아야 한다

오늘 때문에
내일을 죽이고

사는 사람들

오늘을
하루로 보고 사는
하루살이다

사랑하기 때문에

사랑하기에
사랑하다가
사랑으로 죽는다
당신을

순이 따라
오빠 따라 임 따라
한양으로 간
피 끓는 청춘
그대 여심

사랑을 먹고
사랑에 취해 살려고
그대 찾는다
사랑한다고
그대를 사랑으로
목메어 부른다

오늘도

사랑한다 너를

당신인
임인 그대를

무엇 때문에
사랑하며 울고 웃는지
그대는 모르리라
사랑이 사랑을 위해
있다는 것도

정주고 정 떠나면
인생은 뭉게구름처럼
흘러가는 것
정처 없이

촛불 제 몸 태우듯
하루살이가 하루를 살듯
무엇을 사랑했는지도 모른 채
오늘도 사랑한다
너를

이솝우화 속
배꼽 잡는
사랑이야기처럼

산다는 것은

붙어서 먹는 곳
사람의 코끝
사자의 눈가
물기 때문에
쇠파리가

우주의 섭리
자연의 작은 미물을
먹고 마시는
인간군상들

쇠파리의 하루
인간의 덧없는 삶
차이가 없다

신을 모른다면

세월이 약

산다는 것
잊어버리는 것
세월이 약이라는 것

그것을 아는데
시간이 걸린다
우매한자들은

열정도
오기도
욕심도
세월에 묻히면
아무 것도 아닌 것

그저
사는 이야기일 뿐
세월이 약일 뿐

4-3. 아름다운 미소

아름다운 미소

너 엄마가 예쁘니
아빠가 예쁘니
세 살 아이가 고갯짓한다
모른다고

대화의 중심에 선 사람
정갈하고 수수한 옷차림
품위 있는 행동에
고개를 숙인다

눈초리가 매서운 사람
값진 패물로 치장해도
똑같이 무섭다

아이의 순수성
품위가 있는 행동
무서운 인상
돈으로 살 수 없다

좋게 보이는 것이 좋은 것
사람도 동물도
똑같이 좋고 나쁘다

밝은 미소의 부드러움
하루아침에 만들어지지
않는다

어머니의 바다

어머니가돌아가신후에바닷가를찾는다동질모태의어지럼증이났
다장승처럼보이는노송백사장이콩밭으로보인다높은파고가아지
랑이처럼보이고나르는갈매기가백로로보인다거울처럼물이맑은
경포호수자애로움을보여주는해송해당화의아름다움을보지못하
고귀천모歸天母를더그리워한다어머니의바다꿈속에서언제나살
아움직인다바닷가의백로갈매기가풀을뜯는다면사두건을쪼아대
고오징어를콩풀처럼뜯는학발鶴髮을바다안개속에서만난다갈매
기의울음소리를들으려고허리를 펴는모습이보인다그때마다한마
리의백로갈매기가되어어머니를찾아멀리날고싶다

임은 먼 곳에

가깝고도 먼 그곳
그대가 사는 곳

조국이
민족이
어머니가
아버지가
연인이

춤추고
노래하는 곳
그곳은
멀고도 가까운 곳
임은 먼 곳에
임은 가까운 곳에

오늘도 임 그리워
눈물로 노래한다.
아
임이시여

사랑하기1

무엇을 사랑할까
어떻게 사랑할까
이웃을 인간을
세상을

아름다움이 사랑이다
아낌없이 주는 것이다
헌신이 사랑이다

사랑하지 않고 살면
살길이 없다 이 세상은
온 누리의 것들이
모두 사랑으로 채워져서

악은 악을 낳지만
사랑은 사랑을 낳는다
더 나은 사랑을 위해
누구든지 사랑하지 않으면
안 된다

귀빠진 날

백에서 쌍 삼을 뺀
새벽이 회귀하고 나서
아침나절이 되자

아빠 무엇이 먹고 싶어
됐다 먹을 만치 먹어봤어
얼굴이나 보자

아버님 축하해요
나이테 목구멍 차는 데
무슨 축하는

조는 떡국으로
중은 라면으로
석은 고구마로

한번 시험쳐봤다
별식 대신으로
귀천부모 생각나서
못 먹던 시절 생각에
제 삶이 그래서

비까지 내려줘서
시험도 잘
치렀다

사랑하며 산다

사랑하지 않고는
살 수 없는 것이 사람들
누구인지 사랑해야한다

혼자서 갈 수 없어서
제 홀로 짊어질 수 없어서
사랑노래를 함께 불러야 해서

사랑은 사랑을 낳는다
사랑하지 못하면 사랑은 없다
사랑하기에 사랑이 있고
사랑했기에 미련 없이 간다

사랑에 목말라 우는 새
사랑이 그리워서 슬픈 임

사랑에 울고 웃는다
떠난 그 자리에서
서성거릴지라도

사랑연가

그리워한다
하루 종일 평생을
당신의 얼굴을 그리며

무엇이 그리도 그리울까
정인가 미련 때문인가
사는 것이 그래서 인가
모를 일인 것을

살다 가면 그만인 것을
이별하면 그만인 것을
붙들어 울고불고 하며
그리워 하지만
서러워 하지만

떠나야 하는 것을
이별해야 하는 것을
아픔이 있어야 하는 것을
먼저 알고 떠났으리

당신은 바람처럼

행복

남촌에만 있는 것일까
산 너머 멀리서 오고
가깝게 있다가 가는 것인가
행복이란 것이

행복을 먹고 산 사람
행복하게 살다가 가는 사람
무의식 속에 알 것 같은 것
자의식 속에 모를 것 같은 것

가까운 곳에 있기도 하고
먼 곳에 있기도 하고
없다가 있기도 한 것

달콤하고 쓰고
복잡하고 아리송한 것이
행복

필리아philia

자연과 문화
인간과 학문
예술 사랑이다
너는

부모와 자식의 사랑
친구와 나에 대한 사랑
이기애에 빠지는 사랑

인류를 평등하게
사랑하는 것이 가능할까
똑같은 모양의 사랑
영원무궁한 사랑
불가능하다

오로지
아가페의 사랑만이
가능할 뿐

할머니

왕십리
안장사 올라가는 길
언덕 위 달동네에 손자 위해서
함께 살던 할머니

백발 구부정한 몸으로
아래로 위로 느리게 걸으며
손자 녀석 잘되라고
늘 시도 때도 없이
절 앞마당에 앉아있었다
불편한 몸으로

훌륭한 사람 되면
흰 고무신 사주겠다고
약속했는데 신어도 못보고
그냥 이별했다

약속 지키지 못한 것
서러워 눈을 감지 못하던
할머니의 움푹
파인 눈

몇 십 년이 흘러갔건만
생각나는 것은 지키지 못한 약속
오늘도 마음속엔 눈물이
고여 있다

언제나 가득히

10. 아가페神시

1마-1. 무조건적인 믿음

무조건적인 믿음

두 종류의 사람
따라다니는 자
부르심을 받은 자

옆에 있으면서
먹는 것 입는 것을
계산속으로 따지고
행동하지 마라
걱정하지 마라

따라 오너라
산자는 산대로
죽은 자는 죽은 대로

그것이 믿음이고
참 진리이고
사랑이다

무조건적 믿음이

나야 고맙지유

교회 갔다가
저 너머 고기 집에 가서
수입쇠고기 사다가
구어먹자고
점심으로

감사할 일이지
아주 이제 제법이네
교회 따라다니더니
말도 세련되게
할 줄 알고

그려
나라고 맨 날
안 변하겠어
어디

나의 주관자

창조의 힘
생명의 힘
가능성의 힘
주는 것 받는 것
하나님의
몫

인간의
의지대로
되는 것은 없다

하고 싶지 않아도
하고 싶어도
자기 마음대로
되지 않는 것
세상의 일들

모이는 것
살아가는 것
아름다운 것

모든 것의
주관자는
당신

말하기 전에

내가 할까
내가 해야 되니
그 말에 나서는 것은
아랫사람이다
믿는 자이다

하라고 말하지 않는다
우리가 해야지
너와 내가 해야지
하라고 하기 전에
하나님의
뜻대로

믿음 없는 자

믿음은
만나는데서
좁은 주차장에서
현관에서 손잡고
헌금함에 수줍어하며
작은 돈을 넣고
서로 웃을 때
생긴다

그걸 아는데
빨리 아는 사람
오랜 뒤에 아는 사람
천차만별이지만
믿음 없는 사람들
죽은 뒤에나
그걸 안다.

믿음이란 것

항상 웃는 것
언제나 보여주는 것
인상 쓰지 않는 것
사람들에게

시간이 많이 걸린다
자아를 깨우치는 일
알려주는 일
이끌어 주는 일
세계 속에서

심고 가꾸는 것
소망과 사랑을
행복을

당신과 내가

사과를 따려면

네가 가라
누가 나를 위해 갈래
그 차이는 결국
믿음이다

부름 받는 자가 되는 것
믿음의 완숙이다

하려면 제대로 하라
하기 싫은 것을 하면
안한 것만 못하다
사과 따는 일도
믿음 역시

사람을 보지 마라

불신감
못 믿는 것
생각과 생각의
차이가 만들고
지운다

입에 발린 소리
이해에 따라서
만나고 헤어지지 않게
하는 일이 모이는
곳의 할일

원수는 먼 곳에
있지 않다
그렇다고 험한
얼굴에 있는 것도
아니다

사람을 보지 마라
말씀을 보라

선교

왜 기독교를
믿어야하는지
명확한 말이 필요하다
중동에서
선교하는 일에

전부가 무슬림
스파이처럼 주는 선교지
이교라고 생각되면
창칼로 찔러 죽이는 곳
가족들 눈앞에서

그들을
용서하는 가족들의
아픔
지금도 전도하다가
순교한다

21세기지만

소명

맡겨진 일
주어진 일
책임의식을 가지고
나가는 것
이루는 것

혼신의 정성으로
한결같은 충성으로
흔들림 없이

농부가
봄에 씨앗을 뿌리듯이
가을에 알곡을 거두듯이
순서와 절차에 따라서
열심히 정직하게
하는 것

하나님의 뜻대로

1ㅁ-ㄹ. 선한 마음

선한 마음

큰소리의 외침
회계하라
믿어라
베풀어라

당신의 죄업
관계성의 신뢰
서로의 나눔

제 아무리
열심히 닦고
두텁게 가깝게

베풀어도
당신의 마음이
선하지 못하면

그것은
죽은 나무 꽃피우기

성삼위일체

두 갈래의
성삼위일체

로마의 관점
성령은 성부성자에서

비잔틴byzantine의 관점
성령은 오로지 성부에서만

어느 것이 맞을까

그것도 모르면
당신은
바보

감사하라

행복한 사람
범사에 감사하다는 말
입에 달고 사는
사람

의義를 얼음장처럼
거짓말을 승냥이처럼
믿음이 놀부이고
황량한 바람이면
뱉는 것은 사탄의
말일뿐

차이는
감사하는 마음
용서하는 마음
늘 범사에

손가락

신이 창조한 것으로
가장 소중한 것
더듬고 맛보고
누르고 찔러보고
할 일 안할 일
귀신같이 안다

할머니 약손
씨앗뿌리는 농부
거문고 줄 타는
사계四季를 칠하는
아름다움

희로애락의 단초
왜장倭將을 끌어안고
가락지 꽃잎으로
사라진 충절

미의 극치
마디 점
꼭지 점

예배 보러가는 학발

늘 쫓긴다
시간 맞추느라고
미리 서두르지 못하고

빨간 신호등 앞
기다리지 못하고
그냥 무시하고 차를 몬다
인자해 보이는
학발鶴髮이

에이그
신호 잘 지키는 일도
예배 보는 것만치나
중요한데

뭐가 그리
맘을 바쁘게 할까
빨리 가고 싶은
마음에서라고 하지만
어디 그래서야
귀여움을 받을까
절대자에게

전도傳道

노숙자차림의 남자
청양에서 왔수다
거만하게 어 흠 소리
몇 번 내더니

전철 안 복도에
간이 의자를 놓고
풀썩 앉는다

여고시절
창밖의 남자를
인정사정 보지 않고
목청껏 부른다

왜 부를까
적선을 하나
물건을 파나
전도傳導하나

모두들 고개를
좌우로 쫑긋거리는데
마지막 하는 말

전도 중

전차에 받친 것처럼
멍해지는 머릿속
전도란 원래
그런 것이다.

정신적 고통

육체와 정신
힘이 더 드는 쪽은

땀 흘려 일하지 않아도
바늘로 찌르듯이
아픔을 주는 것은
노동의 기쁨은
어느 것이 더
기쁨이고 고통일까

그것을 아는데
많은 시간이 걸린다
입으로 사는 사람들
바보들에게도

준비

오 분 대기조
옷을 입고 잔다
신발도 벗지 않고

믿는 사람들
항상 준비하고
있어야 한다
대기자처럼

종이 울리는 날
곧바로 뛰쳐나가야 한다
하나님에게로
영생을 위해

비싼 믿음

시간도 아깝고
돈도 아깝다
세상일에 빠지면

믿지만 믿는 듯
아니 믿는 듯 한사람
싸구려 장사꾼 같다

일해도 그만
안 일해도 그만
꼭 필요한 사람
있으나 마나 한 사람
비싼 사람
값싼 사람

비싼 믿음이 있다
믿음에도
우遇자가 그것 아는데
시간이 걸린다

성경

두꺼운 책이 좋은 줄 몰랐다
엄마가 옆구리에 끼고 다니는 것을
어느 날 무심히 펼쳐보았더니
살인자가 되어있었다

형제에게 노한 자
형제에게 '라가'라고 말한 자
형제에게 원망을 듣는 자
형제에게 버림받은 자

보이는 형제도 사랑하지 않고
보이지 않는 신을 어찌 사랑하겠다는 건지
아버지가 황소울음을 토해냈다

두꺼운 직사각형 속에서
선과 악은 호리지차라고
엄마는 늘 글방 외듯이 말하며
수없이 펴고 닫으며
꾀꼬리 울음으로 울었다

1□-3. 아가페의 사랑

아가페의 사랑

연정 성애의 에로스 사랑
친구 인간의 필리아 사랑
하나님의 인류애인
아가페의 사랑
같지 않다

사랑은
대상 꼴도
너비 무게도
감정까지 서로 다르다
그중 아가페의 사랑이
최고의 선

끝없는 사랑
언제나 변함없는 사랑
세계 인류를 사랑하는 것은
오직 하나님의
사랑뿐

함께 하리다

약속언약
그 말을 믿기에
눈을 감는다
기도하려고

사람들이
오늘도
내일도
똑같이 눈감고
왼친다

믿음이
함께하기를
돈독해지기를

헌금

드리는 것
받는 것이 아닌
축복의 기쁨은

적으면 적은대로
큰 것은 큰 대로
조건 없이 드릴 때
큰 축복
큰 행복
갑절 또 갑절의
제곱

사시사철
내려 주시고
또 내려
주신다

회개

잘한 것도
못한 것도
그 속에 진리가 있고
사랑이 있다

잘한 것은
잘한 대로
못한 것은
못한 대로

회개는 영생의
시작이고 끝이다

감사하라

행복한 사람
범사에 감사하다는 말
입에 달고 사는
사람

의義를 얼음장처럼
거짓말을 승냥이처럼
믿음이 놀부이고
황량한 바람이면
뱉는 것은 사탄의
말일뿐

차이는
감사하는 마음
용서하는 마음
늘 범사에

율법

뜻이다
언약이다
계약이다
규범이다
지켜야 할

영생을 위한 언약이다
약자에게는 힘을
강자에게는 제약을
가르치는 자의 지침서로
배우는 자의 교과서이다

인간의 모든 것
살아가는 방법
지켜야 할 계율
배려해야 할 덕목이고
율법이다

절대자의

기도1

좋은 신랑감을
예쁜 각시를
점지해 주세요 아들을
기도가 기도를 먹는다
짝 사랑으로

믿음이 소원이다
소원은 그대로 소원이고
눈감은 풋내기들은

넘쳐 날것이다
내려 주실 거다
함께 하실 거다
팬티만 입고 가신 그분에게
무엇을 그렇게 달라고 하는지

동질 동의라고 생각하지만
멀리 더 높은 곳에 있다
들어주실 분은

크게 말하고
더 자주 두 손을 모아야
들려서 들어 주신다

높은 곳이어서

기도2

천만번 해도
끝없이 해도
무한의 뜻이 있는 세계
밥 국이 있어야 사는 것처럼
기도를 밥 먹듯이
자주 그렇게

실천하지 않고
행동으로 보여주지 않고
옆자리 앞 뒤 분간 못하고
잿밥만 눈독 드리면
이룰 수 없는 것
함께 할 수 없는 일
영의 세계
임의 세계

두 손을 모는 것이
두 눈을 감는 것이
해야 할일 당신이
어제도 오늘도
한결같이

참된 기도

자기를 위한 기도보다
가족을 위한 기도보다
이방인을 위한 기도가
이웃을 위한 기도가
값지고 값지다

내 생각을 버리는 것
영육의 탐욕을 버리는 것
민족을 위해서
조국을 위해서

기도하라
다시 기도하라
세계 평화를 위해서
인류 평화를 위해서
하나님을 위해서

하면 곧 이루리라
얻으리라

양육

아버지 성부
아들 성자 예수
영을 먹고 사는 사람들
성령의 신자들

무엇을 어떻게 먹을까
회개로 믿음으로
베푸는 것으로

양육은 무조건적인 믿음으로
유아에서 성년으로
노인으로 성장하는
것처럼

받아 드리는 것이다
실천하는 것이다
양육되는 것이다

하나님 뜻 아래서

11. 장시長詩

11-1. 친구여 정신 차리게

11-1. 친구여 정신 차리게

친구여 정신 차리게
생각하며 존재한다
내 곁에 서 있는 당신
오랜 세월 함께했던 책가방
모정
아름다운 세상
천마에서 관악으로
진실
진달래꽃

친구여 정신 차리게

친구여
자네는 왜 병원에 누워있는가
얼마나 씩씩하고 활기찼는가
자네와 내가 어울려 놀던 시절이
어저께 같은데
우리가 벌써 늙어 버렸단 말인가
머리는 하얗게 시었고
얼굴에는 주름이 늘어서
쭈그러진 밤송이처럼 되었네

친구여
옛날처럼 나와 같이 놀 수는 없는가
자네는 언제나 앞장서 갔지
공부도 잘하고 취직도 장가도 먼저 갔지
어디 그것뿐인가 술도 잘 먹고
어린 시절에 학교 운동장에서
달리기를 나보다 잘했지
그래서 병원에도 먼저 가있나

친구여
꼴세가 안 좋네
자네는 술 마시고 헛소리 칠 때가

제일 좋은 꼴세일세
내가 자네 그 헛소리를 들어야 하던 시절이 있었지
그때가 우리의 황금시기였는가 보네
어서 일어나
좋은 세월을 다시 한번 노래해 보세

친구여
자네는 못 하는 것이 없었지만
노래는 정말로 못했지
나나 자네나 뭐 거기서 거기였지
충청도 내 고향 사람 치고
노래 잘하는 사람 있나
박자는 아예 무시하고 부르니까
그것은 그렇다 치고
소리는 왜 그렇게 질러대나
그게 어디 노래인가
돼지 멱따는 소리지
가사도 한 곡이라도 아는 것이 있어야지

친구여
폼 잡고
옥붕이네 대포집에서
상다리 두들기고
노래 부르는 꼴하고는
어디 나나 들어주지

그 노래를 누가 듣는단 말인가

친구여
자네 화투놀이는 어땠는가
외상 화투치며 개평 뜯고
돈 잃으면 얼굴 색 하나 안변하고
'가리' 하고 일본말을 썼지
형님 외상이다
형님 좋아 하시네
형님이 외상 놀음하고 고리 뜯나

친구여
왜 그런데 병원에 초췌한 얼굴로 누워 있나
어서 일어나게 그리고 옛날로 돌아가
늘 하던 데로 헛소리도 치게
자네가 누워있으니
나도 신명이 안 나네
어서 일어나 옛날로 돌아가
개폼 잡고 가재도 잡으세

친구여
청량리 달동네도 휘ー돌아보고
따뜻한 봄날
꽃피는 동백섬에 가서
'돌아와요 부산항'도 박자 틀리게 불러보세

동네 고샅도 누비고
자네가 잘 다니던 술집도 가보세

친구여
술을 마실 때가 자네는 제일 좋았어
마시고 취하면 늘 그랬지
술이 없는 세상을 무슨 재미로 사느냐고
쏘가리탕 낙지 집으로 잘도 다녔지
다시 한번 그렇게 해보세

친구여
자네가 다니던 학교에
자전거 타고 가보고
말총으로 참새도 잡아보세
눈 오는 날
자네가 좋아하던 얼음지치기도 해보고
지렁물을 듬뿍 찍어
왕만두도 한 입에 넣어
맛있게 먹어보세

친구여
잠방이 걷어 올리고
삽 들고 세수대치며 논두렁 쏘다니고
미꾸라지 붕어 잡아
매운탕 끓여 소주 한잔 오른손에 들고

눈 지그시 감으며
세월을 노래했었던
일도 다시 해보세

친구여
병원에서 나오면 뭔들 못 하겠나
콧방귀 뀌고 긴 팔 휘저으며
개폼 잡던 시절로 다시 가보세
나팔바지에 촛농 녹여 부어 입고
워커 짝 줄도 풀어 신었지
장발머리 학생 꼴하고는
학교마당에 서서 호루라기 불며
후배들 족치던 그런 시절로 다시 가보세

친구여
그게 어디 끝날 일인가
시작은 끝이 있다지만 다시 시작하고
끝을 만들고 새로이 인생을 노래하며
다시 시작해보세
인생은 늘 새로운 아침처럼
새롭게 출발하고 다시 시작하며 사는 걸세
우리의 아버지가 그랬고
아버지의 아버지
그 아버지의 아버지도
그렇게 살다가 가셨네

친구여
뭘 걱정하나
인생은 갈잎과 같고
새벽에 내린 이슬과 같네
오르막길이 있으면 내리막길이 있지
삶의 노래는 아름다운 것이 있는가 하면
슬픈 것도 있고 잊지 못 할 것도 있네

친구여
어서 일어나 우리가 했던 옛날처럼 살아보세
모든 것은 그대로인데
자네와 나만 변화되는 것은 아니네
인간은 자연 속에 동화되고
태어나서 죽는 것이 자연의 이치이고
그 속에 우리가 일부로 살아가고 있을 뿐이지
우리가 산다는 것은 무엇인가
기약할 수 없는 이야기이지
내일 일을 누가 알고
다음 순간을 누가 아는가
순간순간을 들꽃처럼 새롭게 피어나기를
기다리는 마음으로 살고 있을 뿐이지

친구여
우리 모두가 늙고 언젠가는 죽겠지
하지만 우리가 두려워 할 것은

늙음이나 죽음이 아니라
살아있는 동안 마음이 녹스는 것은 피해야 하네
마음이 녹슬면 모든 것이 허물어지네

친구여 정신 차리게
우리가 산다는 것은
순간순간의 삶이 조금씩 녹슬어 간다는 것 일세
녹슨 마음을 어루만져주는 것은
우리들의 우정뿐이네
누워 있지 말고
새로이 삶을 노래하고 인생을 노래하며
한 오백년 더 살아 보세
자네 개폼도 나에게 다시 한번 보여 주고

친구여
우리들에게
변한 것은 아무 것도 없네
단지 마음이
가고 오고 변 할뿐이지

생각하며 존재한다

나는 생각한다
제 잘났다고 생각하는 것을
당신 것이지만 내 것이 아니라는 것을
내 것이 아니라면 당신 것도 아니라는 것을
없음은 있음이고 있음은 없음이라는 것을 생각한다
술잔이 차면 비워야 채울 수 있다는 것을
모든 것을 안다면 더 배울 것이 없다는 것을
비우고 또 채우는 것이 삶의 이치라는 것을 생각한다
솔개처럼 창공으로 날고 싶은 욕망을
찬미의 노래를 크게 부르기 위한 욕구를
소년의 꿈과 이상을 찾아 헤매던 시절을
시간이 가면 싫든 좋든 알게 되고 된다는 것을
나중 보다 지금이 더 중요하다는 것을 생각한다
사랑하는 임의 행복을 위해서
아름다운 그대의 희망을 위해서
꿈꾸는 사람들의 미래를 위해서
아가페의 더 높은 사랑을 위해서

나는 생각하며 존재한다
비키니 수영복을 입기 위해서
맥아더 안경을 멋지게 쓰기 위해서
작열하는 태양아래서 살갗을 태우려고

푸른 바다에서 요트를 타기 위해서
농구선수 모자를 얻어 쓰고 흉내를 내기 위해서
사각얼굴에 카이저수염을 기르기 위해서
거만과 오만을 위해서 생각한다
엄마 젖을 만지던 시절을
자판기에 한글편지를 쓰기 위해서 노력했던 것을
진달래꽃을 꺾어주기 위해서 밤잠을 설치던 날들을
그녀와 들판 위를 달리고 노래하던 추억을 생각한다
꽃밭에 물을 주기 위해서
난초를 키우는 마음을 알기 위해서
나팔꽃의 외침소리를 듣기 위해서
아내의 들꽃 같은 마음을 보기 위해서

나는 생각한다
새벽이 하루에 두 번 있지 않다는 것을
삶속에서 기회는 한번뿐이라는 것을
봄에 뿌리지 않으면 가을에 거둘 것이 없다는 것을
일찍 일어난 새가 먹이를 많이 쫀다는 것을
하루에 이만번이나 먹이를 쪼는 새가 있다는 것을
자식을 위해 목숨을 바친다는 것을 생각한다
만나보려고 먼 길을 홀로 떠난다는 것을
종착역으로 가지만 희망을 노래 한다는 것을
도요새처럼 하늘을 날고 싶어서 생각한다
비상하는 한 마리의 백학이 부러워서
추락하는 날개를 갖지 않기 위해서

미지의 새 희망을 찾아 날기 위해서
봄바람 부는 날 떠나고 싶어지는 것을 생각한다
강물이 흐르고 백로가 앉아있는 곳으로
나그네가 잠시 발을 멈추는 곳으로
자전거가 달리는 풍경이 있는 곳을 생각한다
뺨을 맞아도 쓸데없는 일에 참견하기 위해서
장기판을 엎어도 다시 훈수하기 위해서
얻는 것이 없어도 고집을 부리기 위해서
때로는 그 대가로 가락국수를 사기 위해서
잘 알지도 못하는 말로 시를 읊는다
우자가 다중의 현자를 이끌기 위해서
위험한지를 모르면서 아는 체 하기위해서
찬사를 받고 목에 힘을 주기 위해서

나는 생각하며 존재한다
창포 꽃이 피어 있는 곳이 있다는 것을
참나무가 바람에 흔들리는 언덕이 있다는 것을
마음은 공허하지만 세상은 넓다는 것을
신이 노하면 살수 없다는 것을
빨리 힘차게 달리기 위해서
높은 곳으로 단번에 오르기 위해서
오래도록 멀리가기 위해서
높은 이상을 더 많이 먹기 위해서 생각한다
우유와 크림빵을 먹기 위함을
파리바게트에 양복을 입고 가는 이유를

소와 삼겹살을 배부르게 먹어야 하는 것을

포만감은 하품을 하기 위한 것이라는 것을

당신에게 아름다운 미소로 말하기 위해서 생각한다

나뭇잎에 매달려있는 이슬방울을 바라보기 위해서

하늘은 왜 푸르고 높은지를 알기 위해서

무엇 때문에 살아야 하는지를 생각하기 위해서

형식을 배우되 형식을 버려야 한다는 것을

알지 못함을 배우기 위해서 생각한다

작은 일에 바보가 되지 않기 위해서

알지 못하면서 아는 체하기 위해서

늘 높은 자리의 점수를 위해서 생각한다

무를 찾되 유를 버려야 한다는 것을

코끼리나 박테리아의 사는 이치가 같다는 것을

모두가 무상이라는 것을 생각한다

나는 생각한다

시저처럼 싸움을 잘해도 소용이 없다는 것을

치고 막는 것이 생로병사의 이치가 아니라는 것을

바보들의 장난일 뿐이라는 것을

강자와 약자의 차이는 티끌의 차이라는 것을

거친 파도와 싸우는 인내심을 위해서 생각한다

위험한 것이 기회라는 것을 알기 위해서

노인과 바다의 주인공처럼 고래를 잡기 위해서

죽을지 모르지만 아집을 위해서

같은 조국이 아니라는 말의 의미를

같은 민족이 아니라는 말의 의미를
백색과 흑색이 다르다는 말의 의미를
지구는 둥글고 한 지붕이라는 것을 생각한다
다툼이 다툼을 부르기 때문에 관용을 위해서
사랑이 사랑을 부른다는 것을 알기 위해서
공격보다 사랑이 더 값지다는 것을 배우기 위해서
뿌리와 둥지가 어디일가를 위해서 생각한다
하늘과 땅의 끝을 알아도 아무 소용이 없다는 것을
잠시 머물다가 정처 없이 갈 것이라는 것을
삶과 죽음은 시작과 끝이라는 것을 생각한다
또 그리고 또 수도 없이
끝날 때까지 생각하고 또 생각한다
내가 아닌 모두를 위해서
더 힘찬 영광을 위해서
더 높은 사랑을 위해서

내 곁에 서 있는 당신

이글거려요태양이수평선너머까지뜨거운것이보여요더뜨거워지
려고또모래위에보로를깔고누워서기다려요그대가바람으로오기
를그러다가지치면뭉게구름만들고핑크색아이스크림을먹어요당
신이심술을더부려서은빛백사장을달구어내더라도자꾸만녹어서
또하얀목으로가슴으로흘려내려주어도그냥기다릴거예요나를잊
었다해도녹은크림을가슴에덮고누워서당신을내곁에있었다는것
을생각하면서그냥누워있을거예요지금이시간까지오기를서성거
리며바라고있을래요당신만을생각하면서녹아내리는태양말고도—

이글거려요 태양이

수평선 너머까지 뜨거운 것이 보여요

더 뜨거워지려고

또 모래위에 보로를 깔고 누워서 기다려요

그대가 바람으로 오기를

그러다가 지치면 뭉게구름 만들고

핑크색 아이스크림을 먹어요

당신이

심술을 더 부려서 은빛 백사장을 달구어 내더라도

자꾸만 녹어서 또

하얀 목으로 가슴으로 흘려 내려주어도

그냥 기다릴 거예요

나를 잊었다 해도

녹은 크림을 가슴에 덮고 누워서 당신을
내 곁에 있었다는 것을 생각하면서
그냥 누워 있을 거예요
지금
이 시간까지 오기를 서성거리며 바라고 있을 래요
당신만을 생각하면서
녹아내리는 태양 말고도—

오랜 세월 함께했던 책가방

검은 색이
파뿌리 회색으로 변했다
학발鶴髮과 함께

많이 먹어서 배가 나왔다
이쪽저쪽 허리가 굵어지고
실뿌리가 어지저기 몽고반점으로
존재의 동질성을 확인한다

손에 밖인 티눈
두꺼운 책이 만들었지만
네 몸에도 얼룩말 상처가 생겼으니
만고풍상 속에
어찌 너인들 고생이 없었으리

윤기 나던 살갗이 쭈그러들고
봄가뭄다랑논처럼 갈라져서
동고동락의 세월을 생각하게 하지만
아름다웠던 시절로 돌아갈 수 없듯이
나 또한 그러하거늘

누가 무엇을 어떻게 탓하리

덧없는 세월이 창파蒼波로

홀홀히 떠나보낸 것을

----

* 케네디스토어에서 구매해 30년을 들고 다니다가 버린 가방을 念함(2009.8.5.)

모정

빨간 기와가 보이는 지붕
푸른 잔디 작은 정원
노란 은행나무 잎이 흔들리는
오후

동그라미 하얀 식탁에
둘러앉은 가족들 사이로
바둑이조차 즐거워
하지만

보이지 않는다
귀천한 노모가
빈 의자에 풀썩 앉아보았다가
일어서는 당신의 아들
고개 숙이더니 훌쩍인다

씹지 못하는 치아로 오물거리는
얼굴이 보여서
정이 그리워서

아름다운 세상

예쁜 상자에
사과를 넣으면 사과상자
금가락지를 넣으면 금상자
쓰레기를 넣으면 쓰레기상자

무엇을 가질까
욕심쟁이가 아니어도
금상자를 갖겠지

하지만 또 하지만
쓰레기상자가 없다면
이 세상이 어떻게
아름다워질까

천마에서 관악으로

떠나노라 천마산을
다시 찾노라 관악산을

무엇 때문에 가고 왔는지
허물 남기고 돌아온 은둔자
미물微物의 보헤미안

그 자리에 머무르고 싶은데
세월은 저만치 제 홀로 먼저 가더니
북한강물 나이테를 셋이나 더 만들어
얼굴에 분칠하고 흐른다

뇌천腦天에 간간한 학발은
귀빠진 날 본향本鄕으로 돌아가
꿈속의 아버지를 더 가까이 닮아가고

안 들린다는 귀천모의 이명耳鳴 소리가
내 고막을 사정없이 똑같이 때린다
욕심을 버리라고

견犬이 웃을 일을 흉내 내며
바람에 고무풍선을 날렸지만

남은 것은 그저 흘러간 세월 속에

여측이심如厠二心일 뿐
사람 사는 곳이었을 뿐

____

* 2008.10.17. 마석에서 신림으로

진실

재미있게 살려면
반드시 잃는 것이 있다
쾌락은 어둠이어서
죽음은 단절이어서

천하를 다 산다는 돈
십년세도가 없는 권력
하나뿐인 제 목숨도
마찬가지

그리운가
돈이 필요할 뿐
그대에게 늘 내뱉는 말

사람들의 웃음도
기쁨을 주지 못 한다
양날의 칼이어서
반전 때문에

하지만
자신에게 진실하면
잃는 것보다
얻는 것이
더 많다

진달래꽃

꽃이 피면
같이 가자던
그대는 어디로 가고
지금은
제 홀로 피어 있나
산과 들에

피고 지는 듯
가고 오는 듯
생각나는 것은 고향의 봄
진달래꽃
당신

보고 만나면
물어보고 싶다
지금도 피는지
내 살던 고향에

진달래꽃이—

지은이 **조성연**

■ 약력

- 「한국문인협회」 회원. JIBC교육학박사. 증권분석사
- 「i신문 뉴스타운」 논설위원. 전.중앙교육원장(KFCC)
- 「행복한 책읽기와 글쓰기」 지도강사. 공인 한자지도사
- 「조성연 문예창작지도」 문하생 창작교실
- 「조성연수필론. 사이버 동영상 강의」 시사문단 영상실
- 「서울일보」에 장편소설 『죄 없는 자가 먼저 돌로 쳐라』 연재.

■ 저서

- 《시인은 시에 미쳐야 한다(시학. 국학자료원. 2007)》
- 《시는 사랑을 노래한다(시학. 국학자료원. 2010)》
- 《문학과 창작의 실제(문학론. 어문학사. 2005.)》
- 《논술 쓰기와 문학의 이해(수필론. 북 랜드. 2005.)》
- 《수필 쓰기의 전제/ 수필 쓰기의 미(전2권. 북 랜드. 2004.)》
- 《수필 쓰기의 이론과 실제(수필론. 국학자료원. 2002)》
- 《수필 쓰기의 미(수필론. 현대 문예. 2002)》
- 《이단자(장편소설. 2009. 국학자료원)》
- 《꿈과 그림자(장편소설. 2006. 국학자료원)》
- 《은사 죽이기(장편소설 상.하 2001. e-book)》
- 《죽으라면 죽을 것이다(장편소설. 뉴스타운 연재)》
- 《파랑새를 찾아서(시집 2001. e-book)》
- 《황금 머리 앵무새(수필집. 교음사. 2000)》
- 《비틀거리는 자존심(수필집. 현대문예. 1999)》
- 《한국 고유 협동조합론(KFCC. 1995)》
- 《성인 종교 교육에 관한 연구(학위논문 1990)》

■ 강의강론

· 「시를 어떻게 쓸까(시사문단 동영상 50분 강의)」
· 「시 쓰기와 연상훈련(시사문단 동영상 50분 강의)」
· 「주제설정과 개요 짜기(시사문단. 2007. 4)」
· 「시 쓰기의 이미지와 아이러니(시사문단 동영상 50분 강의)」
· 「시학의 효용론과 모방론(시사문단 동영상 50분 강의)」
· 「오케스트라와 시낭송회(남양주 별내도서관 2009. 8. 13)」
· 「콘서트와 시낭송회(문체부지원. 금천도서관 2009. 10. 24)」
· 「오케스트라와 시낭송회(문체부지원. 별내도서관. 2009. 12. 4)」
· 「플라톤과 아리스토텔레스의 시학(2005. 10. 금천문학)」
· 「시와 시조에 관한 차이와 이해(2005. 3. 모던포엠)」
· 「친구여, 정신 차리게(장시. 2002. 1. 한국 증권분석사회)」
· 「시가 뭐긴 그냥 시지(시사문단 월평 2007. 4)」
· 「시와 시가 아닌 것을 구분하는 방법(시사문단 월평 2007. 5)」
· 「시는 말로 그린 그림이다(시사문단 월평 2007. 6)」
· 「자유시와 정형시(시사문단 월평 2007. 7)」
· 「시인은 모방자이다(시사문단 월평 2007. 8)」
· 「시를 잘 쓰려고 하면(시사문단 월평 2007. 9)」
· 「작시술의 이미지와 아이러니(시사문단 월평 2007. 10)」
· 「무거운 시와 가벼운 시(시사문단 월평 2007. 11)」
· 「파랑새를 찾아서(2000. 11. 한국증권분석사회)」
· 「희곡과 수필의 연관성(시사문단. 2007. 6)」
· 「수필이란 무엇인가(시사문단 영상강의)」
· 「쉽지 않은 수필의 개념정의(시사문단 동영상강의)」
· 「수필쓰기와 소설쓰기의 차이에 관한 소고(시사문단 동영상강의)」
· 「소설은 무엇 때문에 쓰는가(시사문단 동영상강의)」
· 「좋은 수필이란(시사문단 동영상강의)」
· 「수필쓰기의 전제(시사문단 동영상강의)」
· 「수필의 제목 붙이기(시사문단 동영상강의)」

· 「수필의 도입부문 쓰기(시사문단 동영상강의)」

· 「수필의 본문 쓰기(시사문단 동영상강의)」

· 「수필의 결론 쓰기(시사문단 동영상강의)」

· 「수필문학 창작이론1(시사문단 동영상강의)」

· 「수필문학 창작이론2(시사문단 동영상강의)」

· 「좋은 수필이란(2002. 5. 월간문학)」

· 「수필의 개념 정의에 대하여(2002. 6. 월간문학)」

· 「수필과 소설쓰기의 차이에 관하여(2006. 1. 한올문학)」

· 「수필쓰기의 서정성에 대하여(2007. 9. 한올문학)」

· 「페미니즘 수필쓰기(2006. 8. 한올문학)」

■ 칼럼기고 등

· 「파한집에서 찾은 나의 뿌리(수필문학 2009. 3)」

· 「법고를 가죽으로 만든 이유(한자진흥회. 2009. 4)」

· 「공자가 말한 다섯 수레의 책(금천도서관. 2009. 2)」

· 「인간의 무력한 이성을 믿지 마라(2004. 12. 연간대표수필선집)」

· 「돌멩이는 최초의 테러 무기였다(2005. 12. 연간대표수필선집)」

· 「뉴노마드, 세상을 넓게 보고 산다(2006. 12. 연간대표수필선집)」

· 「만종의 감사와 모나리자의 미소(2005. 봄 한국수필가. 월간문학)」

· 「백화점 소비자처럼 변한 신자들(2006. 12. 기독교 수필)」

· 「북한의 핵은 무엇을 위한 것인가(2006. 12. 기독교 수필)」

· 「하나님에게 도전하는 사이버 세상 2003. 12. 기독교 수필)」

· 「사람은 무엇으로 사는가(2004. 12. 기독교 수필)」

· 「한국은 어떻게 변화될 것인가(2007. 4. 시사문단)」

· 「농군 집에 농군, 학자 집에 학자난다(2007. 6. 시사문단)」

· 「마약중독자였던 보들레르(2007. 7. 수필문학)」

· 「삐딱한 내 얼굴의 자화상(2005. 1-2. 수필문학)」

· 「세상의 종말, 정말로 오는가(2005. 11. 수필문학)」

· 「휴대폰 없는 사람도 인간인가(2003. 7. 수필문학)」

• 「이성이란 무엇인가(2005. 10. 갈대의 고독을 위하여. 교음사)」
• 「어머니의 바다(2005. 2. 수필문학 등단 천료작 전집3 교음사)」
• 「천국으로 간 동전/ 시나리오(2004. 10. 금천문학)」
• 「연어처럼 고향으로 가고 싶다(2005. 8. 목요수필. 교음사)」
• 「침묵보다 뛰어난 것을 말하라(2005. 8. 목요수필. 교음사)」
• 「중국과 일본, 그들은 우리에게 무엇인가(2004. 12. 새마을금고)」
• 「행복이란 무엇인가?(2002. 7. 새마을 금고)」
• 「안중근은 대장부였다(2005. 6. 모던포엠)」
• 「독신주의자들의 나홀로 별곡(2006. 10. 문학저널)」
• 「어머니와 성이 같은 아들(2006. 4. 문학 공간)」
• 「아버지의 고향 이제 봄꽃은 없다(2005. 가을. 에세이문학)」
• 「여자는 왜 담배 피우면 안 되나(2006. 3-4. 수필시대)」
• 「지도자는 아무나 할 수 있는 것이 아니다.(2003. 12. 충효예실천운동본부)」
• 「오래 사는 것이 축복일까(2004. 4. 충효예실천운동본부)」
• 「회색 인간을 만드는 세상(2002. 4. 행정자치)」
• 「무엇이 우리를 불안하게 하나(2005. 12. 복지)」
• 「뉴스타운」칼럼 등 400여 편 기고.

■ 단편소설
• 「달러의 위대한 힘(단편소설. 2009. 4. 한국소설)」
• 「백성의 법 칠칠구조(단편소설. 2006. 9. 한국소설)
• 「대한민국 민주시민(단편소설. 2008. 12. 월간시사문단)」
• 「딱정벌레가 지나간 자리(단편소설. 2008. 11. 대모문학)」
• 「껍데기 남편의 빈자리(단편소설. 2007. 10. 금천문학)」
• 「백수가 된 도련님/ 단편 소설(2007. 2. 시사문단)」
• 「무조건적인 사랑과 용서/ 단편소설(2006. 10. 금천문학)」
• 「총각 짝짓기 별곡/ 단편 소설(2007. 7. 시사문단)」
• 「껍데기 남편의 빈자리/ 단편소설(2007. 10. 금천문학)」
• 「새벽은 두 번 다시 오지 않는다(단편소설. 2009. 10. 금천문학)」

· 「살기위해서 죽으려는 사람(단편소설. 20009. 10. 대모문학)」

· 「변할 줄 모르는 꽃과 나비(단편소설. 2009. 12. 관악문인회)」

■ 홈페이지 등

* http://www.ikwa.org＜한국문인협회＞수필가

* http://www.novel.or.kr＜한국소설가협회＞소설가

* http://www.kll.co.kr＜한국문학도서관＞

* http:// www.newstown.co.kr＜조성연의 수필세계＞

* http://cafe.daum.net/dailyblossoms＜조성연의 카페＞문하생 창작교실

* http://www.sisamundan.co.kr＜시사문단＞문예창작사이버강의

* e-mail: choshep@hanmail.net

시는 사랑을 노래한다

인쇄일 초판 1쇄   2010년 01월 20일
           2쇄   2015년 03월 20일
발행일 초판 1쇄   2010년 01월 25일
           2쇄   2015년 03월 25일

지은이 조 성 연
발행인 정 구 형
발행처 국학자료원
등록일 제2007-12호

서울시 강동구 성내동 447-11 현영빌딩 2층
Tel : 442-4623~4 Fax : 442-4625
www. kookhak.co.kr
E- mail : kookhak2001@hanmail.net
ISBN 978-89-6137-485-9 *93800
가 격 27,000원

*저자와의 협의 하에 인지는 생략합니다.